唐德刚作品集

唐德剛作品集

五十年代底塵埃

作　　者——唐德剛
主　　編——游奇惠
特約編輯——趙曼如
發 行 人——王榮文
出版發行——遠流出版事業股份有限公司
臺北市汀州路 3 段 184 號 7 樓之 5
郵撥／0189456-1
電話／2365-1212　　傳真／2365-7979
香港發行——遠流（香港）出版公司
香港北角英皇道 310 號雲華大廈 4 樓 505 室
電話／2508-9048　傳真／2503-3258
香港售價／港幣 83 元
法律顧問——王秀哲律師・董安丹律師
著作權顧問——蕭雄淋律師
2003 年 7 月 1 日　初版一刷
行政院新聞局局版臺業字第 1295 號
售價新台幣 250 元　（缺頁或破損的書，請寄回更換）

ISBN　957-32-4958-8

YLib 遠流博識網
http://www.ylib.com　　E-mail:ylib@ylib.com

塵埃裏的珠玉

——序唐德剛《五十年代底塵埃》

胡菊人

一

唐德剛先生有次以筆名在《明報月刊》寫了好幾篇政論文章，筆調幽默佻健，評點銳如匕鋒，卻又氣象磅礡，理路森然，原來竟都是在旅途客棧中寫的，我聽了不禁為之傾倒。此串文章刊出之際，苦了我這個編者，各方文士，紛紛打聽，一再向我逼審：此仁兄何方神聖？必是大有來頭人馬，文筆妙、見解精，讀來笑中有淚、淚中帶笑，難道會從大石頭爆出來？好多次幾乎衝口而出，但為作者保守秘密是編輯的起碼修養，人家逼我愈急，我嘴巴閉得愈緊。還不自覺流露了得意神色，做編輯的拉到好稿，比中彩票還高興，終於沒有人猜得出來，好幾年了。

後來有個識貨的行家，到了紐約，與德剛先生敘舊，便當面逗他、哄他，要他承認。德剛先生笑而不語。對方終於斬釘截鐵的說：「必是你寫的。難逃老夫法眼，我敢以性命人頭來打賭！」此人便是周策縱先生。

這個小故事證明兩點。德剛先生不動筆則已，一動筆往往引動視聽，天下妙文，萬人爭誦。其次，他的文筆風格獨特，別人學不來，海內外能文之士雖多，絕少寫得出這樣出色當行的文章。熟知他文筆的老友策縱先生，一讀就似曾相識。文風天下有一無雙，正像越王勾踐的寶劍，千年百代之後，一旦出土，還是他的，無人可倣，無人可冒。

唐文之引動視聽，還有一顯例。他的〈梅蘭芳傳稿〉首次於一九五二年《天風月刊》上亮相，即已名動四方，《明報月刊》於一九六六年六月予以轉載，亦成為最受歡迎的鴻文，後來又在臺灣《藝海雜誌》轉載，亦同樣叫座，現在收入本書，當然也是永遠為人爭誦的。文章如名劇，屢屢上演，屢屢為人喝彩，當真像梅蘭芳演《貴妃醉酒》一樣了。

〈梅蘭芳傳稿〉比誰都寫得好，因為是運用文學筆法，像太史公為古人立傳，如見其人，如聞其聲。有人評為過分誇大，然而文學筆法本來就應該誇張。太史公寫荊軻，臨訣一場，感人至深。說他先以變徵之聲「沉鬱憂傷」的調子唱了一段，把大家感動得眼淚鼻涕一齊出來。又跨前幾步，驀然將調子提高三度，變為羽聲（曲中轉調），這慷慨激昂的羽音，使大家眼睛都張突了出來，頭髮直豎，將帽冠衝起。這頭髮的描寫顯然是誇大，儘管「怒髮衝冠」已是用濫的成語，但我們哪裏見過憤怒時頭髮直立的。太史公的用意一表荊軻之勇毅決烈，一表眾人對秦始皇的勢不兩立，正像唐文寫梅蘭芳的手，說是風靡了全美國，美國少女無論是在地道車上、課堂上、工廠裏、舞場上，一窩蜂都在模倣「梅郎」舞臺上的「手姿」。梅蘭芳的色藝精絕、美國人的傾心、梅君的影響力，不都表盡道盡了嗎？

若問文學筆法「可愛的誇張」，寫傳記該不該用？太史公二千多年前已做了回答。然而太史公雖善於用誇張筆法，對時地人的背景、籍貫、年月、事件等等，卻都力求翔實。唐文之梅蘭芳亦復如此。但在紀實探源之餘，若無文學筆法的藝術加工，梅蘭芳亦不過是出土的金縷玉衣，不如讀他的墓碑誌、翻查他的族譜啦！

中國偉大的史書《左傳》、《戰國策》、《史記》，是「傳記文學」的祖先。它們與《漢書》以後的體裁很不相同，它們的表現方式，大都是形象性的，寫具體事實，並且往往現場化、故事化。太史公的列傳很多是短篇小說，《戰國策》的人物都是活的，《左傳》也不例外。《左傳》第一篇〈鄭伯克段于鄢〉是首尾結構相當完整的故事：有背景、有人物、有衝突、有對話、有人情和人性、有結局，大故事套兩三個小故事，而彼此做有機關聯。有一點不可不注意，此篇題旨原講「孝道」，但除了結尾作者以「局外」身份（類似太史公之「太史公曰」）評了兩句「孝行」之外，整個故事本身沒有一字評議，沒有犯小說作法中各種「作者干擾」最易犯的毛病。這不加任何評議，亦是對史實的客觀寫法，但就文學藝術筆法言，這個表現方式，實比以後好些「正統短篇小說」唐傳奇、宋話本以至明清之際的李漁之《十二樓》等等更為完整。

古代史書所記原都非作者親歷，竟寫得像親身目擊一樣（唐德剛先生的梅蘭芳，也是從斷紙殘篇的故紙堆裏「目擊」出來的）。用理性的學術眼光看，確有點「子虛烏有」之嫌，這大概就是《漢書》後史書改變了體裁、筆法的原因之一。讀史書如讀小說家之言太不像話了。然而後世的大部分正史，雖然體例詳備，結構宏大，絕不能像古史一樣深入民間，它們衹為科舉應考「惡補」的材料。亦不像古史為人經常編為舞臺劇，它們太抽象、太零碎、太無人味了，根本不能編。也很少能收入中學生中文教本，老師結巴巴、學生打瞌睡。此所以唐德剛先生的梅蘭芳傳，運用了太史公《刺客列傳》的體裁，揚棄後世史書本傳的筆法。太史公是攬歷史的，唐德剛也是攬歷史的。大史家之外我們稱太史公為文學家，唐德剛為史學知名教授和傑出史傳作者之餘，亦可以稱為文學家。因為除了文筆、體裁，他還發揮了文學家必須具備的「想像力」，這種文學的想像力，在不違背時、地、人、事件之間的關係，力求忠實之餘，為我們提供了逼真的場景、活生生的人物、動人的事件。現代不少史傳作者，以參考書目、以註釋、以引述之多寡來唬人，以資料之真偽、以「可信度」為高下，這些當然都很重要，但我們能完全沒有「文采」嗎？不顧「讀者」嗎？不理別人的交感共鳴嗎？難道「想像之真」不是太史公要達到的另一種「真」嗎？現代史書好些懨懨不能閱，不正是作者自己太受委屈、太遵命於「學究式的學術標準」嗎？

二

周策縱先生序德剛先生的《胡適雜憶》，即有與筆者相同的讚語：「他筆下的胡適是一個有血有肉、有智慧、有天才、也有錯誤和缺點的真實人物。這作法承襲了古今中外傳記文學的優良傳統。中國第一個最出色的傳記文學家司馬遷早就用好的例子教導了我們。」稱許他的文字「如行雲流水，明珠走盤，直欲驅使鬼神，他有時也許會痛快淋漓到不能自拔，但我們不可因他的滔滔雄辯的『美言』，便誤以為『不信』。」夏志清先生在同書序中乾脆說，唐德剛先生「應公認是當代中國別樹一幟的散文家。他倒沒有走胡適的老路，寫一清如水的純白話。德剛古文根柢深厚，加上天性詼諧，寫起文章來，口無遮攔，氣勢極盛，讀起來真是妙趣橫生。」

周、夏二公的說法十分中肯，亦不限於《胡適雜憶》這部書，事實上德剛先生能寫多種好文體。一個人文字根柢好、文學筆法好、識力厚、才份高，「學究枷」當然拘限不了他，必得露一手文采風流的把戲。

策縱先生說：讀德剛先生的《胡適雜憶》，固然見到了活的適之先生，但也同時在胡適裏找得到唐德剛。這正是作者的文采風流到處溢瀉出來的結果。一流的傳記，是不能把作者淹沒的。我編校過美國史傳經典之作的《林肯傳：草原時代》（*Abraham Lincoln, The Prairie Years And The War Years*），歷史給倒轉了，林肯復活過來。同時，寫這部傳記的卡爾・桑德堡（Carl Sandburg）詩人，亦隨處覺得他的存在。我記得讀到一段使我停下來森然想了很久。林肯青年時到一個荒山，但見怪石嶙峋，在月色掩映下像是一頭頭怪獸，四周蒼蒼茫茫、海天無垠，林肯頓時感到「天地悠悠」，在洪荒時代，那乳齒象亦正是一樣怔怔的凝望過那些怪石，那同一的山谷、同等的景象，令我們馬上念及：過去何在？將來何在？我何在？就「忠實紀錄」的史傳觀點看，那桑德堡怎可以這樣寫？你怎知林肯當下的心境？那種「想像之真」有沒有道理？居然進到林肯的內心去，有什麼文獻上的根據？我們其實不必問的。桑德堡要表現的，正是一個大人物、大豪傑必有的心懷，此一心懷，惠特曼（Walter Whit man）在詩作中，寫赫德遜河的渡頭時問過，年年代代無盡無邊的多少人走過這同樣的渡頭？秦時明月漢時關，青山依舊，夕陽幾度？不正堪今古同聲一嘆？李白登山，不也有自古以來登高者如今剩下幾人的話頭。那陳陶足履吳越之地，有「今人地藏古人骨，古人花為今人開」的絕句，杜甫遊「玉華宮」，眼見蒼鼠、鬼火、敗瓦、壞道，念當年宮人美人，今祇餘下一頭石馬，他望著那頭石馬，那頭石馬也望住他，這歷史的眼睛，竟使杜甫獨坐黃土上，「浩然淚盈把」大哭起來了。

這種感懷，是詩人共同的感懷，桑德堡自也有此感懷，難道林肯就沒有這種感懷麼？桑德堡把自己的感懷，移花接木於林肯身上，是為了表現林肯心胸的廣大，讓他看見了乳齒象，有什麼人類曾看過，何況林肯？——是為顯示他的歷史感、時空感。正因如此，我們見到了林肯也見到了桑德堡。我們在「胡適」中固然見到了唐德剛，但在梅蘭芳裏也見到了他。他寫梅蘭芳在舞臺上的醉酒，竟亦進入了「貴妃」當下的內心，作者逞其絕妙的幻想力，不間接顯出作者的面目麼？

三

夏志清先生認為唐德剛的《李宗仁傳》不及《胡適雜憶》寫得好，正是由於前者受李宗仁口述所限，無法施展作者的文筆與才華。夏先生因《胡適雜憶》而稱唐氏為「當代中國別樹一幟的散文家」。筆者在前面則稱唐氏為「文學家」。現在我們一說「文學」，就好像祇有詩、小說、劇本、抒情性小品，而不及其他，有些文藝青年恐怕還以為「史傳」之作，不屬於「散文」和文學範圍，那是受西方近代觀念所影響。我們中國自孔夫子說：「文學，子游、子夏」，至《文心雕龍》，再及於清代之《古文辭類纂》、《古文觀止》等書，文學兩字的範圍，定得很寬。曹丕的〈典論．論文〉所謂「文章，經國之大業，不朽之盛事」，當不僅指今之所謂「純文學」，亦必然將唐德剛的「文章」、他的史傳之作歸入「文學」天地，如果他認為那是「好文章」的話？

唐先生自謙本集裏的都是「塵埃」、是「雜文」、「遊戲之作」，我倒願稱之為報導文學、散文，甚或小說。就報導文學言，它們把五十年代中國留學生的生活面貌，留下了三鱗兩爪，有溫故的意義。就散文言，都是讀後餘味回甘的好文章。就小說角度看，會發現德剛先生是寫人物的好手。〈我的女上司〉這個典型美國職業老處女，目下有些小說家寫人物往往不及他寫得生動。〈求婚〉若說是短篇小說，一般文學雜誌編輯不會擺到散文欄去。〈瘋院來去〉也應當視為一個短篇，誰纔是「瘋子」？我們讀後不禁深深感喟。〈露娜今年三十歲了〉，也很令人低迴。〈學跳舞〉一篇是記敘散文，從中發現作者是「說故事」的好手，兩個「鄉巴佬」在紐約學跳舞，文章拖得這麼長，如果《海外論壇》不停刊，他還當繼續寫下去，可是一點不覺得拖沓，讀者還要追讀下去，連連捧腹。〈三婦人〉寫三個流落異邦的波蘭女子，使天下之去國失鄉者同聲一哭。五十年代中國人，何嘗不然。從〈三婦人〉、〈瘋院來去〉、〈露娜〉這些文章，可以體會到作者深厚的同情心懷。唐文雖有時突梯滑稽、冷言尖語，然在〈梅蘭芳〉一篇中，亦見到他溫柔敦厚的一面，梅氏早年的「相公」生涯，後來與豪門軍閥之交往，以至於梅蘭芳自己的婚姻，作者筆底留下很大的餘地。

這集子中凡刊於《海外論壇》的文章，我在大約二十年前即已拜讀，並且還都校對過，德剛先生恐怕還不知道。當時《海外論壇》在美國集稿、編輯後，即寄交（我工作的機構）香港友聯出版社排版印刷裝訂，再航寄到美國發行。負責這項工作的是位小姐，是我初戀之人。義不容辭，請纓效勞。先拜讀了這些好文章。就在我接到這部稿子不久，今年三月三日，有幸在港會見了《海外論壇》的創辦人之一許牧世先生。笑談中還說到當時負「友聯」債的情形，他又說，當時你們在香港匆匆排校印刷裝訂，跑飛機場把雜誌航寄到美國，可是在紐約的郵局，它們可以靜悄悄的寄宿。睡它個三四十天，無人認領，航空費都浪費了。他搖頭說，「辦同人雜誌真難！」縱然如此，我仍認為那是有價值的工作。若問五十年代的留美中國知識分子，從歷史的迴聲裏，聽到那麼一陣的呼聲與吶喊、感到有那麼一種憂時憂國的情懷，也還就是《海外論壇》那一班人。何況當時他們都還在掙扎求生存的階段，不像現在都已成為大學者或在別的方面有了很大的成就。

我一九六二年首次承美國國務院之邀訪問美國，在紐約就由《海外論壇》的另一位創辦人李和生先生帶我到各處遊覽和拜訪。他那忠厚樸實的樣貌，我至今仍然在目。他給我聯絡到德剛先生，可是要我自己搭地下鐵道去。我是個大鄉俚，那一線地道車還滿複雜，有些班車在街口停站、有些不停站，這可把我難倒了，但我終於沒有誤車，按址按時，在掛有胡適之手稿題贈德剛的客廳裏，闖進了我這個不速之客。至今十七八年了，我仍以第一次搭紐約地道車不誤而沾沾自豪，我第一次領略到「系統」（system）和「標誌」的好處，就憑這些抽象的符號，我在車上仔細的研讀一番，即到達目的地。這是我們中國人最不擅長的。說到system，令我想到臺灣中正國際機場一開幕，據說最大的毛病之一即為「流轉不通」，正是「系統」和「標誌」不明確所致云云。但臺灣已進入「現代化」，此方法勢必學會，亦不得不實行，包括政治上system在內。

再一位《海外論壇》的創辦人周策縱先生，在見過德剛先生後兩天就在哈佛見到了。那時的策縱先生不像現在見到人老是笑，一九六二年我和他談了好久，還承他宴請一起和他家人吃過飯，但在記憶中他從未展顏。當時他的《五四運動史》完成不久，和他談的大都是家國與文化問題。恂恂書生，形象卻是沉鬱的，似隱藏著深重的憂患意識。有股懍懍的頑世頡俗之氣。我想就是大家這股氣，成為創辦《海外論壇》的原動力。他們寫文章、做發行、捐助經費，擠出業餘課餘時間，要為國家做點事。現在回頭來看，《海外論壇》除了為五十年代的留學生留下聲音之外，還不能否認，它是至今為止留學歐美中國知識分子所辦的水準最高、文字最好的雜誌之一。

也因為辦了這個雜誌，纔逼得德剛先生寫了好些上乘文章。他說這些都是五十年代「塵埃」下的「流沙墜簡」，我們卻無寧視為那是塵埃中不褪色的珠玉。

一九七九年八月十日 香港

五十年代底塵埃（代序）

唐德剛

這兒是作者在五十年代所寫的幾篇雜文。寫的時候就興之所至的寫了；原無意要把它們保存下來。但是它們卻也在無意之間被保存了——保存在一片灰灰的五十年代積存的塵埃下面。

記得就在那個年代的開端，美國的國務卿艾其遜曾說過一句舉世皆知的話：「等到塵埃落定再說！」

如今三十年過去了。在五十年代飄颺的塵埃，也早已落定——落在一起，結成像一層薄薄的絲綿。我拍拍它，它不動；我再吹它一下，它也不飛。肯定的是落定了。我用兩個指甲輕輕地把它撿起，就在這片撿起的絲綿的下面，我發現了這幾片已在那兒躺了二十來年的「流沙墜簡」！

其他沒有給這片絲綿覆蓋過的斷簡殘篇，顯然早已隨五十年代底塵埃飄散了；飄散得像春夢、像秋雲，再也找不到了。

老朋友夏志清先生奇怪地問我：「自己寫的東西，為什麼不保存下來？」「為什麼要保存下來呢？」我一直「保存」了下來的五十年代的下意識，不期而然的代我回答了這個七十年代的問題。保存下來想做個作家、文人？還是想為子孫留點「祖訓」呢？

落筆時不但沒有想過這些問題，我連一個人為什麼要求生存，和如何求生存，這一些更重要的問題也沒有想過。寫了就是寫了。最多只可說是一個流浪海外的中國知識分子，對他自己祖國的語言文字難免有一些留戀的溫情而已。偶逢歲暮週末，孤燈默坐，拿起筆來，東寫寫、西寫寫，也可聊遣長夜，甚或享受點他人所不能體會的孤獨的樂趣。

夏志清先生和胡適之先生一樣，少小聰慧，立志為學。他們都是用功的學者，「不寫不用氣力的文章」。用了氣力，自然就有職業感；有職業感，自然也就加意保存了。

筆者和他二人正相反。這些雜文就沒有一篇是用過「氣力」寫的。沒有用過「氣力」的東西，反要一個經常無處存身的異國流浪漢用「氣力」去保存，就有點犯不著了。所以這些五十年代的斷簡殘篇，如果沒有被埋沒在塵埃之下，它們也就隨塵埃一道飄散了。因而這裏所重印的只是五十年代的塵埃底下，劫後餘灰的拾遺之作。它們如有絲毫值得劉紹唐先生一再來函建議重印，和胡菊人先生百忙中抽空代為作序的話，那就是它們是曾經在五十年代空氣中飄蕩過的野馬也、塵埃也。有一點點時代的氣息，如此而已。

「五十年代」在中國歷史上是一段不平凡的日子。那一些流浪在太平洋彼岸的老中青三代的知識分子，如何打發這段日子？賢明的讀者們或許可以在這本小冊子裏找到點蛛絲馬跡。林姑娘說得好：「嫁與東風春不管，凭爾去，任俺留。」在那一段隨東風作嫁的日子裏，那兒有嘆息、有徬徨、有苦笑，也有絲微阿Q的歡娛。

真正滋味如何，最好還是讓讀者們自己去假想罷！

這幾篇小文，雖然各立門戶，互不侵犯，但是它們底格局倒似乎是一致的。這雖是筆者的黔驢之技，變不出新花樣；那也是受了一位朋友的影響——真切一點，毋寧說也是出於一位朋友的要求。

那是個八月上旬的一天。繁忙的南京城熱得像一座火爐。可是朋友和我都不覺太熱。固然是我二人都還年輕，不太怕熱；也可能是心靜自然涼的緣故。遙遠的烽火還沒有燒到我們的眉毛上來。

朋友是位斯斯文文的君子。說起話來慢條斯理的。心境情懷，永遠像是一泓秋水，純淨清涼。

「大家都在看馮玉祥的旅美遊記，」朋友呷一口花彫，又噴了兩口煙，慢慢地向我說；「馮玉祥說美國連馬桶都比中國造的好——中國馬桶顧前不顧後。」

朋友說著自己也笑起來。在他那微微移動的眼鏡裏，我看到那藍天白雲下秀麗的鍾山，和那蒼松微露、莊嚴古樸的臺城。這些景物在兩片有金邊的玻璃上反映出來，更顯得江山如畫。

風吹到我們臉上是熱呼呼的。但是熱氣之中卻帶來一陣陣玄武湖上的荷香。離開祖國，走遍世界，才體會到那是我祖國特有的芬芳；離開了，也就永遠失去了。

「你也從不同的角度寫一點嘛。」朋友又緩緩地繼續他對我的勸告。「我們的讀者雖沒有那麼多，也還是有不少人看的。」

「不是怕沒人看，」我聽他說了許久，才回答他一句。「只是寫得太淺薄，怕惹人笑話。」我並且向朋友解釋，美國簡直是座「大觀園」，而我呢，實在是剛從鄉下出來的劉姥姥的孫子板兒。要板兒來寫一篇〈大觀園遊記〉，不要讓姑娘們、奶奶們看了笑話嗎？

「不用怕，」朋友淡淡的說。「作者是板兒，讀者還不是板兒？報屁股編輯更是板兒……你就板兒寫給板兒看，不是很好嗎？」

「板兒寫給板兒看?!……」我心中默唸了好幾遍。我倒被朋友的文藝哲學打動了。

「少寫些軍國大事，」朋友遞給我一支菸，又替我點了火，繼續叮嚀著說，「寫點所見所聞的小故事，不過寫得有趣一點就是了。」

朋友比我大幾歲；思想言行都比我成熟；文章也比我寫的好，還有一塊「園地」……他一直是我們小鬼隊裏的大王。他底話一直都是我們所最信服的。

「寫點所見所聞的小故事！」以後我每一動筆，我都想到朋友這句指示。「不過寫得有趣一點就是了。」

在美國我後來又碰到另外一位小鬼隊裏的大王周策縱先生。在周大王那裏我才知道「寫得有趣一點」的文章秘訣，在文言文裏原來叫做「藝增」！

玄武湖上的熱風，吹在身上很舒服。我們感到輕鬆、安適。朋友付了賬，又陪我在柳堤上蹓了半天。他說兩三年後「回國」時，他再替我「洗塵」，並把我的「通訊」印成「小冊子」。

夕陽在臺城背後漸漸地沉下去，朋友和我也就在玄武湖畔的柳影荷香裏分手了。

在上海，我提著個舊皮箱往成都路警察局去投奔一位在那兒當「巡官」的表弟。表弟既然當「巡官」，他就得夜夜出「巡」。他出巡，他那張鐵床就被我鵲巢鳩佔了。他出巡歸來便去尋找另一張主人出巡去了的空床安歇。那位床主出巡歸來，發現床上有人，就去找另外一張主人出巡去了的空床……「巡官」總歸要不斷出巡的，風水輪流轉。同志間互相幫忙。哪個人沒有一兩位有志放洋的表哥呢？因此他們巡官同志們去互打「游擊」，我也就「正規」地佔用了表弟的鐵床，睡得心安理得。

「開船」的日期終於被我等到了。表弟請我吃「三明治」、喝「可口可樂」——

這在一九四八年的上海，真是動輒幾十萬幾十萬的美式享受！

一輛三輪車把我們帶到共和祥碼頭。我剛自車上踏下，一位「紅帽子」立刻便把我的手提皮箱搶了過去。我謝謝他說，不用了，我自己可以提上船。他把兩眼向我一瞪說：「如果客人都自己提皮箱，那哩吃啥呢?!」

我知道他是有來頭的。我自己好不容易盼到留學了，在上船之前被人推下黃浦江，豈不功虧一簣？千金之子，坐不垂堂。君子明哲保身，我就未和他講理了。他提著我的皮箱，不到一分鐘，我二人便從一條木梯上，進入了一艘美國大洋船。

一上船，我這位紅帽子朋友，似乎立刻就變成另外一個人。他開始叫我「先生」，又叫我「經理」，最後又叫我「博士」、「官長」……和一大堆南京不肯給我的官銜，目的是要我給點「小費」。「小費」給過了，他還是不去。原來他要我「搜身」——把身上所有的「鈔票」都悉數搜出來給他做「小費」。這件事倒出我意外，哪有要「小費」有這樣要法的呢?!

「官長啦！」紅帽子向我又打躬又作揖。他向我苦苦地哀求，說，「儂這些鈔票，船一開就成一堆廢紙。為啥不做點好事，『賞』給我呢？」他又說他有老母在鄉間「

要飯」，老婆在上海害「肺病」。他勸我多做點「善事」，上帝會保佑我一路平安。

他表現得實在可憐見的，說的話也有實情至理。看在他老娘和老婆份上，我纏他不過，只好把心一橫，也就把我所有的「廢紙」都「賞」給他了。後來估計一下，總數該在十萬元上下——這也是我一輩子最慷慨的一次！

紅帽子歡天喜地的跑下木梯去了。我在「美國」的洋船上，扶著欄杆，居高臨下地注視著他。看他一回到「中國」碼頭之上，立刻橫眉豎眼，又在搶奪另一位旅客的皮箱了。

船慢慢地向大海上漂出去。在斜陽之下的祖國，逐漸模糊。終於在暮雲深處消失了。船長在喇叭裏告訴我們，現在我們已出了揚子江口，航行在「公海」之上了。我也知道這隻在公海上航行的是隻美國船。按國際公法，我們現在已經就身在美國了。

擴音器裏的報告員，也很禮貌地招呼我們進餐廳用膳。當我還擠在長龍的尾巴之端時，一位新認識的「留美同學」就驚奇地告訴我說，吃晚餐時，「可口可樂可以隨便喝！」「可以隨便喝?!」我把兩眼一瞪，我二人乃撿了個臨窗座位坐下，「開懷暢飲」，把「可口可樂」喝個飽。

吃了兩塊美國肉餅之後，我二人又分吃一塊奶油蛋糕，又各啃一個又胖又紅的蘋果。在祖國癡生了二十來年，還未啃過這樣又紅又胖的蘋果！

這是我的第一頓的美國晚餐——「可口可樂可以隨便喝」的晚餐。

餐後稍息，又去洗了個極其痛快的美國熱水淋浴，再穿上上海新買的睡衣，在搖擺不停的水手吊床之上，聽著船舷之外有節奏的水聲……。我在想，想到我玄武湖上的朋友，想到船下向我不停地招手的表弟，想到那沿著一條木梯、在兩國之間跑上跑下的「紅帽子」……我和他們之間的生活已經有顯然的中美之別了。「別」得像一頭洋狗和一條祖國江南稻田裏的水牛。這兩個不同的動物所居住的不同的世界，其間實際的距離，不過是上海共和祥碼頭上的一條木梯罷了。

遵照朋友的囑咐，我取出了練習簿，便把我這第一天美式生活中的「所見所聞的小故事」記錄下來，再加個題目叫〈一條梯子的距離〉。船抵橫濱後，我這第一篇「旅美通訊」，便從東京帝都飯店的郵箱，飛向日沒處朋友的編輯枱上去了。它後來是否在祖國讀者眼前露過面，到現在我還不知道，只是我的練習簿多的是，「所見所聞的小故事」也多的是。興致好，日記也天天記。記過了，加個題目，撕下來，投入郵箱，也就不管它死活了。

在一九五〇年的除夕，鴨綠江畔炮聲正濃，我在紐約忽然收到一份刻著「無法投遞」的「退稿」。那原是我一九四九年初所寄出的七八篇「通訊」的最後一篇。它顯然曾飛入國門——有京滬兩地郵戳為憑——但是在祖國它顯然是無枝可棲，所以又飛回美國了。

它回來了之後，我也沒有替它「洗塵」，便信手把它向廢紙堆中一丟。它後來如何的失蹤了，我從未追查，也無心追查。它祇是像一九四八年我的紅帽子朋友所說的鈔票一樣，一卷廢紙而已。它也和它的塗鴉主人一樣，同是在那不平凡的年代裏，隨風飄蕩的一點塵埃。一陣風來便不知被吹到哪裏去了？其他的還管得了許多！

可是丟儘管丟，寫還是常常寫。日記寫膩了，就寫週記；週記不寫了，就寫月記、兩月記、半年記……有空還得耍耍筆桿，耍到夏志清先生所說的「封筆」為止，因為板兒所住的「大觀園」之內，「所見所聞的小故事」是天天都有，也是永遠寫不盡的。寫在日記上或練習簿上（那時美洲還買不到中國的「原稿紙」），再想一個題目加上去，便成為「雜文」了。在華僑報刊上編報屁股的朋友們，缺稿了，拿去把它們印出來，它們也就和落定的五十年代的塵埃同在了。塵埃給掃掉了，它們也就給掃掉了。這就是這個小冊子裏這幾篇僅存的小文坎坷的命運——一點點五十年代的夢痕。

一九七九年一月十一日於紐約市大期考之後

目錄

五十年代底塵埃

我的女上司

思蘊

在一個明朗的秋天的下午，我拿了一封學校人事室給我的介紹信去見我的新上司。這兒是一個偉大的法科圖書館，裏面佈置得金碧輝煌。在這人影散亂但是卻寂靜無聲的大廈內，我被我的新上司和藹地接見了。這個新上司是個碧眼金髮風韻猶存的女人，她底名字叫做格雷小姐。

她底態度輕鬆活潑，有著美國女人的一般優點。一見之下，我便衷心自慶，因為我這一次碰到了一個可愛的上司。她看過了我的介紹信、微笑地問我說：「你的名字是怎樣發音的？」我反覆地說了幾遍，她也牙牙學語的說了幾遍，可是她總說不好，她皺了皺眉頭。

「你就叫我湯姆好吧！格雷小姐。」我急中生智取了個洋名字。她聽了大為高興。於是從這時起，我就是我上司的「湯姆」了。

她告訴我這機關很大。她的上面還有兩層上司。不過他們管不著我，因為我是直屬於她的。在這簡短的小談話告一結束之後，她說：「湯姆那我們就開始工作吧——你有一個半小時的見習機會。」於是她拿給我一件工作服，要我立刻穿上，又給我筆記簿一本、鉛筆一枝……她開始帶我去見習。

她先給我介紹認識一個眉毛有寸把長的老頭子，那是大上司，比她高兩級。再介紹我去見一個白臉大漢的二上司，那是她頂頭上司。然後她又給我介紹一些迪克、瑪麗、拜耳、約翰……我都一一握手，說了聲「好不好？」

其後她便帶我到那廣闊的讀書室，室內有百來個準律師在埋頭讀判例。她於是慢蹬高跟，小心翼翼地對我附耳私語，要我把我所聽到的所看到的都一一記入筆記簿。這筆記簿將來就是我的隨身法寶。她說要等到我能一一「背誦」她所告訴我的話，那這法寶就可以不要了。

於是她開始解釋，我也就開始筆記。她口若懸河，我也走筆如飛；從讀書室的東端西端到閣樓的樓上樓下都一一交代過；從地方巡迴法院的審判錄到最高法院的判例；從阿那巴瑪律師公會的檔案到塢葉銘州的刑庭報告，四十八州一處也沒有被輕鬆的放過。

讀書室既竟，她又帶我下書庫。這書庫共有四層，燈光明滅像一艘潛入海底的潛水艇。裏面鋼架縱橫，書籍如山，一人下去，不當心便迷了出路。這兒她也照樣逐層詳加解釋，手劃口述如數家珍。什麼X教授發明的編號、Y教授發明的分類法，都要我一一分門詳細記下。每一層有幾十種不同的書號，和躲在書背後捉摸不到的電燈開關都要一一的記入心房。然後她又帶我到所謂東廂房、西廂房、AA室、珍藏庫、大閣樓、小閣樓、二號閱覽室、教授研究室……深堂邃奧，好不炫煞人也麼哥！

她說得口乾舌燥，我也記得舉手無力耳鳴目眩。我不能再記了，因為再記下去，我的小筆記簿便可以出版成目錄學大辭典，裝在荷包內也無法清查，但她堅持非記下去不可，所以她仍然不斷地做疲勞解釋，我不得已只好在我的筆記簿上信手畫了些名山大川。

「湯姆，記下了沒有？」說著她拿過我的筆記簿翻了翻，又看了看我。

「……哦……哦……」我未及作答。

「你用你自己祖國文字記來是要容易記憶些。」她很肯定的代我解釋了她所要知道的問題，使我放下了一顆緊張的心。

她也喘了口氣，我看她也疲勞不堪了。於是她一手撐在書架上支持了半個身子又同我談了些她那在中國傳過教的朋友們的故事。未及說到「且聽下回分解」的時候，她忽然又緊張地看了一下腕表。

「湯姆！」她忽然注視著我，「我們已解釋了兩個半鐘頭了。」

「是的，格雷小姐，」我說，「我也感覺我已經學習得很夠了。」

「你還可在書庫內自行研究三十分鐘，然後上去，我有事要你做。」我自然是唯唯聽命了。於是她開了電梯，獨自上去了。

留在書庫內的我，於是開始「自行研究」。蒼天！這兒是個拿鐵架子擺成的八陣圖。上面堆滿了三墳五典八索九邱。教我從何自行研究起。翻了翻隨身法寶，那密密麻麻的無字天書也幫助不了我。我彳亍上下莫知所適。偶爾看見一兩個穿了工作服的迪克、拜耳者流，手拿連環畫報悠閒地從我身邊走過同我打了個「哈囉！」

在我自行研究到第三十分鐘的最後一秒時，忽然書庫內鈴聲大作，接著便是個尖銳的女人聲音「湯……姆」自傳話器中傳出。我知道這是呼喚我的懿旨，於是急忙找電梯，可是這個八陣圖使我愈急愈找不著。接著又是一陣劇烈的鈴聲。

「湯……姆！你在什麼地方？」仍然是那個尖銳女人的聲音。

「格雷小姐……」我忙跑到傳話器前大聲地回答她：「渴姆在這兒……」說著我又去找電梯門。好容易找到了，我忙撳了撳電鈕，可是那老不死的電梯卻偏偏的姍姍來遲。那兒又是緊張的鈴聲和那尖銳女人的嘶聲連成一片。好容易電梯來了，我開門按鈕，匆忙地跑上去，真惶惶如喪家之犬。

這一次她不是那樣和藹了。在打字機後面的我上司的面孔是那樣森嚴。那一副山雨欲來的樣子，使我想到她不是個母夜叉也是隻粉面虎。

「湯姆！」她嚴厲地詢問著我，「剛才為什麼遲遲不上來？」

「格雷小姐，我未找著電梯呀！」

「電梯還找不著，那你將來還找得著書嗎……」她雙眉緊鎖，說得理直氣壯。「現在我要問你幾個問題——T號碼的書在什麼地方？」

「一樓！」我說。

「F呢？」

「二樓？」

「這太容易了。」她說，「但是Adr.呢？」

「……三樓……」我遲疑了一下。

「不在！」她果決的否定了。

「四樓！」我再冒險一次！

「……」她微微地搖了搖頭。

「東廂房？……哦！西廂房！」

「……」她杏眼團圓地狠狠地注視著我，但是仍然搖搖頭。

「……哦！AA室……不，是珍藏庫……是第二閱覽室……」我一股腦把地理上的名詞都說盡了。

「不許猜！」她嚴厲的說，「……有三十分鐘功夫至少應該把所有書號記住，湯姆！」她又抬起頭看著門頭上的大鐘，「你在書庫內已不只三十分鐘了……Adr.在什麼地方？」

「格雷小姐，我著實忘記了。」我淒涼的說。

「我告訴你！」她擺出了專家的派頭來對我說，「Adr.是在二樓之內、珍藏庫之外、小閣樓的正下方、四十八號書架有電燈開關的那一端前面十碼的地方，靠西邊牆上的書架上……記住！下次不要再錯了！」我唯唯聽命之餘不覺抽了口冷氣，我想洋孩子們，真是人種優秀！

說著她收拾了打字機旁的碎紙，領導著我再去做一些我份內應做的新工作，結束了我緊張的第一天。

格雷小姐非常重視「虜廷」(routine)工作。它是神聖不可侵犯的。你如不相信，格雷小姐會把手向她身後一指，那兒是塊大佈告牌。所有我們應做的「虜廷」工作皆密密麻麻地貼在上面。

她是個筆頭甚勤的作家，所以佈告牌上也日有新作出現。洋洋大文足抵你每天所讀的《紐約時報》。任何一天你如忘了讀這篇鉅著，那你便被視為怠工。因為讀佈告也是我們的「虜廷」工作之一。

一次有一本書給一個失去了權利的讀者借去了。格雷小姐著了慌。她按鈴行令把她所有的部屬都叫到她底打字機前。然後她自己轉過身去在她底佈告牌上找了十來分鐘，最後她算找到了一張小紙條，上面分明地寫著：「對格麥萊特．盧森堡．蕭浪特君無服務！」這書簽上的名字，顯然簽的是這位曾犯了久假不歸的大法的蕭君。我們忽略了手令責有攸關被痛斥一頓。

在大家相顧而退後，她卻獨自把我留下，和藹地告訴我說：「湯姆，這一次我原諒你，因為你是新來的，情形不熟……下次不能再錯了！」

「格雷小姐，這書不是我經手呀！」我苦苦地向她解釋我的冤枉。

「湯姆！」她把眼向我一瞪，「錯就錯了，不要怕批評！」

因為我是新來的，按照格雷女士的邏輯，錯誤應該是我做的。在一個雨天的早晨，我的小同事淘氣的約翰奉命運書入庫，可是他胡亂地把這百來本破書堆在桌上，沒有把他們分類按號放入書架，事後給格雷發現了，不消說我又遭受了一次疲勞審訊。這分明是「黃狗偷吃，黑狗遭殃」的事，但是這是根據格雷女士的演繹法得來的結論，那又何怨何尤呢！

不特此也，這一個偉大的機關，不大不小的意外事件是每天都要發生的。其追究責任的程序照例是大上司追究二上司，二上司追究格雷……追究的結果必然是我，因為我的底下再沒可被我追究的了。

某次兩個意外的事件同時發生了，但是卻發生在兩個不同的地方。按照邏輯我又蒙難了一次。但是一個物體怎能在同時間佔據了兩個空間呢？須知我們格雷女士的邏輯是玄學不是物理，又怎能怨得她呢！

「含冤誰復叩天閽」，我平時除懷怨上帝對我不公平外，有時我也向小同事拜耳吐露苦衷，我說格雷小姐對我的訓令有時前後太不一致了。

「她是女人，是不是？」拜耳張大了眼睛問我，「如果她前後一致她就不是女人了。」

拜耳是我七八個小同事之一。拜耳、約翰之外，我的小伙同事還有迪克、麥非、摩納、亞倫、究，和另外一個湯姆。有時我們都集中在書庫內，每當格雷的鈴聲大作時，閒散的他們照例是充耳不聞的。那正在忙得滿頭是汗的我必然要去回話。因為我如不去，那鈴聲以後跟著而來的女人尖銳的聲音一定是「湯……姆。」但是那個湯姆也照例不為所動，因為他知道格雷小姐叫的是這個湯姆。一次那個湯姆的女友來訪，我這個湯姆也被錯誤地叫上去越俎代庖。

「湯姆」二字成了我女上司的口頭禪。於是我這個不幸的湯姆被使得團團轉，還要不斷地到她打字機前受審。我的悠閒的同事們都告訴我說他們同情我不幸的遭遇。偶爾我的上司到盥洗室去了，他們會同情地叫我「請坐五分鐘」。

在我這女上司嚴密的奴役下我是被打進無邊的苦海、十八層地獄，胡為乎而然呢？最初我想這是種族歧視。但又不然，上次我代他受過的約翰，就是個可憐的夏威夷的日本人。我著實有點茫然，我想這是我有生以來受「上司」虐待，最慘絕人寰的一次。雖然我的上司是個女人。可是我那忠厚的好友迪克卻不時的安慰我說：「湯姆，格雷女士是個忠厚的好人，處久了你會歡喜她的！」

「……唉……」這是我唯一的答案。

我們之中最忙的、也是她所最信任的是究。究在此已有六年歷史，是我們小書僮中的大頭目。他平均每半小時要在我們上司面前兜十來個異常匆忙的圈子，問幾個無關緊要的問題，然後再回到書庫內，在那人靜燈明的牆角讀那有趣的連環畫報。倦了則溜出走廊吸兩口駱駝。然後再開了電梯上去，在格雷銳利的目光注視下匆忙地跑個不停。等到吸夠了新鮮空氣，再回去繼續看他的連環畫報，真享盡人間的清福。

我呢，接受了上司的虜廷工作，蹲在書庫內常時一二小時不見天日。我上司許久不見我的蹤影，又不見我問問題，怎怪她不疑竇叢生呢？不退而省其私，徒徒抱怨上司，我也發現我自己太不應該，怎能怪得我的上司呢？

我們的小頭目究，除了看畫報外，和上司聊天他也有特別的興致。在究的感召下，我們的約翰、麥非……的一群也如法炮製。書庫是他們坐而論道的好所在。因為我們的虜廷工作什麼都在書庫內，而這虜廷工作是個浩渺無邊的大海。以指測河尚且不可，何況我們上司想以指測海呢？但可別忘記在上司眼前不斷匆忙的出現，出現的方式最好是問問題。問題連篇步伐匆忙是我們上司所最欣賞的，否則你何由「忙」呢？

有時被指定在上司面前做工，恐怕你縱然飛簷走壁也無能為計吧。但是我們上司健談，到任何小題目她都能談得娓娓動聽。她能從三點十分談到四點二十，談完了她看看錶上的長針，那不過才談了十分鐘而已。

但我們上司畢竟是愛惜寸陰的，你如同其他任何人佇談兩分鐘，那目光炯炯的她會發現你浪費時間的。

「不入虎穴，焉得虎子！」要談天你必須同上司談天，那可以保證安全。有時我同究同時被指定在閱覽室清理書。等到上司同究的天談完了，書也被我一人清理光了。摸摸我頭上的汗，看看那意猶未足笑容可掬的對話者，我真羨慕不迭！

但如果你不小心忘記了一兩本書，她笑容可掬的臉上立刻露出了肅煞之氣，你也立刻會感到大禍臨頭了。不過這也是上司們的本份。不信你瞧她底上司對她不也是一樣嗎？

這事情是發生在一個猶太新年的元旦日。恰巧那天值班的究是個猶太人，他照例是要在家過年的，這也是上司特准、格雷深知的「虜廷」，可是這次她忘記了另撥專人遞補遺缺。

但是這天那不能睡早覺的大上司老頭子卻一早到來。不用說他這一下是被用功的準律師們所包圍了。老天爺，我們的大上司一向是垂拱而治的，可是這天早晨他卻要從小書僮做起，一大清早便困在借書臺前忙得鬚髮亂飛。

他這一忙不打緊，那個在家裏過年納福的二上司，元旦日清晨，一起床便在電話機裏碰到了瘟神。按照邏輯，次一個遭殃者便是格雷了。時鐘方指九點，她的高跟方踱入公門，面紗在頭皮包在手，她就被二上司捉住了。

他那一副怒髮衝冠的樣子，似乎完全忘記了他底對方是個女子。這次的責任卻只到格雷為止無法滲透了。對我也是破天荒第一遭，這吹皺了的一池春水沒有波及到我。

自遠處我看那觳觫在一旁的童養媳格雷的樣兒，憑上帝我實在沒有「在一旁暗暗的高興」。受訓之後我看她眼眶兒濕濕的，老態龍鍾地走向更衣室。我再看看二上司的兇像，我惻隱之心不禁油然而生。我輕輕地向那面無人色的受難者和緩的說：「格雷小姐，不要太尋短見了，以後我們一定盡心盡力地幫你把事情做好……」

「湯……姆……哦……哦……哦……」她朱唇顫抖，一聲河滿子，不覺兩淚奪眶而下，她忙拿了手帕用雙手遮住了兩眼和鼻子，在手帕裏面她說：「湯……姆……我感激你對我這樣說——我和你是永遠站在一起的……」說著她情不自禁靠在衣櫥上嗚咽起來。我自她身邊拿過了傘和掉在地下的圍巾放在一邊。不忍卒睹，我屏息地退出。回看她那可憐的女人的纖腰，聽著她那用力忍住的嗚咽聲，我也為之歎息；我第一次看見到她原是個委曲無告、身世淒涼的女人，雖然她是我的上司。

日子過得更久了，格雷同我的閒話也談得多起來，一次由一個自殺的中國女同學說起我們談了五十分鐘。不用說我的「虜廷」是被耽擱了，而格雷也忘記了她的審判工作。

以後她常常同我談天，她誠摯的語調、仁慈的心情常常打動我，使我忘記了我們以前「仇深似海」。我開始責斥我自己，我以前為什麼不能（如她所說）「用輕鬆的態度應付繁重的工作呢」。

由於同事間廝混漸熱，我也不自覺地在書庫內加入了拜耳、約翰等坐而論道的集團，有時也被「虜廷」地派上來兜兜圈子，問問已經知道的問題。

我上司嘴裏的湯姆也逐漸少了，書庫內的鈴聲也逐漸稀落到沒有的程度。我從日出而作日入而息的農奴被提升到民主國家的僱員，我開始歡喜我的女上司。

一學期未了，拜耳被徵調當兵去了。人事室又送來一個亨利來遞補他的遺缺。我的高興自不待言，因為我有了個中國的同事了。

一天當我正在同約翰、麥非等在書庫內大談其棒球的勝負和股票的漲落時，亨利忽然面無人色地自樓上匆匆跑下。看到我，亨利氣憤的說：「你們真愜意，有空在此地聊天……她專門要我做生活——唉！還要罵……」

「息息氣，亨利！」我說：「格雷女士是個忠厚的人，處久了你會喜歡她的……」

「……唉……」這是亨利的回答。他正預備再說下去，忽然鈴聲大作，接著便是個尖銳的女人的聲音：「……亨……利……」

亨利聞聲，撥開我們，奪路跑向電梯，抱頭鼠竄而去。

我知道這個「未諳姑食性」的亨利，現在又是觸霉頭的時候了。

原載紐約《天風月刊》第一卷第二期，一九五二年五月

三婦人

儀父

學校裏「校外住宿介紹所」內的梅絲小姐，用她夾著一根香菸所剩餘下來的右手上的兩根小手指向我招一招。她要我越過站在我前面的兩位女同學，到她臺前去辦理「介紹手續」。

「這兩位女士是先我而來的呀！」我有禮的回答梅絲的召喚，並表示我不願非份搶先，我深知在這個國家裏，做「女士」的一切都有優先權，我尤其不能和「她們」越級爭先。

「別介意……」梅絲說，「你真是好運道，這是一間最理想的公寓，不過房東卻指明要租給一位男學生。」

我這才毫不猶豫走向前去，那兩位女士也向我投視一瞥羨慕的眼光，緩緩地給我讓路。

我拿著梅絲姑娘的介紹卡，很快地就找到了這個新地址。招呼一下司閽者，便揚長地跑上電梯，找到了「五一二」號。我撳了撳電鈴，等了半晌。門上的小孔開了，孔內露出個睫毛長長的、雖然無光、但是卻十分秀麗的眼睛。我向這眼睛晃一晃卡片，說明了來意，小孔又關上了。

又等了半晌，門忽然開了。一位矮矮胖胖、臉皺得像一塊乾了的山芋、但是卻十分和藹可親的老太婆，含笑地來和我打招呼。她自我介紹，名字叫「威爾斯夫人」。

她不待我說一句話便把我領到了她預備租給我的一間小房子去。衣櫥、沙發、書架、檯燈，樣樣入時，我自然十分滿意。於是她領我到會客室坐下，又到廚房內取出水果和可口可樂。一方面勸我「如在家裏」一樣的隨便吃；一方面她又解釋這間房子的好處，她說她在下城一家電影院做事，平時不在家，所以這兒十分安靜，最適於用功的學生居住，這些好處我也全部同意。她又說廚房電話我都可隨便用。

「不過，」說著她似乎若有所思的停了一下。「廚房和洗澡間，你禮拜二最好不要用。」

「我用的也不會太多。」我說。

「不，」她說，「禮拜二你最好根本不用！」接著她又說她另外還有兩個房客，所用的只是禮拜二二天，盼我包涵。我自然連聲說是。

她又領我看了一看各處。那甬道兩旁臥室的門都關得緊緊的。除了一座大鐘所發的「的達，的達」之聲外，安靜之至。當晚我就搬進去了。

一宵無話，第二天清晨，我在廚房內燒杯咖啡，正預備趕到學校上課去，忽然廚房門一響，從甬道內走進一位「公爵夫人」似的四十左右的貴婦來。她那健美的身體、合時的衣飾、莊嚴的面孔。佩上一頭金髮，和髮上插滿了的奇花異草，一見之下，不由你不肅然起敬。我連忙欠身叫「早安」。

她看了看我，微微地點一點頭，然後說：「你就是昨天新搬進來的房客，是不是？」我自然連說「是」。

「來！看！」她忽然命令似的對我說，同時在我身邊拉一張椅子坐下，把頭伸過來，兩眼直視著我。「看！」她又說，「看這對稱不對稱！」

「你說什麼呀？夫人！」我說。

「眉毛呀！別裝傻……我畫的對稱不對稱？看！」

我看了一下說：「左邊稍長點。」我話方離口，她颼的一下站起來，走了。不到兩分鐘，她又回來了。「看！現在可晏文（even）?!」我又認真的看了一下說：「右邊稍長點，可是左邊稍濃點！」她颼的一下又消失了，等一忽兒又回來了。「晏文?!」如是的往返十來次，最後算是「晏文」了。她高興地拍拍我的背膀說我是「好青年」，興高采烈的出門去了。

第二天早晨，她的「晏文」的問題又發生了。忙了好久，我於是又做了一次「好青年」。第三天、第四天……我漸覺我的「好青年」不大好做了。於是本不「晏文」我也只好「晏文」她一下，可是我這種做事不負責任的態度，又使我這個「好青年」變成了「懶孩子」，變成了不「急公好義的人」，甚至變成「假冒偽善的人」。最後我只有消極抵抗，早晨睡懶覺，不起床，她不敢來敲門，也就算了。

一天中午我因事未去學校，忽然聽到門鈴聲，我開了門上小孔看了看，未見著人。我把門開了，原來是個七八歲的小孩子，他手中提了一份用紙盒子裝的熱騰騰的午餐。

那孩子向我望了一眼便旁若無人的走了進來，直走到我臥室隔壁一間房的門前敲了敲，一忽兒那門緩緩地開了一半，一隻瘦長的白色的手膀從裏面伸出來把那份午餐接了進去，門又關了。那小孩也一聲不響逕自去了。其後每天中午我如在家，總會看到那個大眼無話的小孩，和那個神秘的臂膀。使我有點茫然。

一個多風的下午，當我正在房內低頭趕寫一份讀書報告，在這寂靜的情況下我忽然聽到「哎喲」一聲，接著便是丁東丁東一大陣似乎什麼東西在我隔壁房間內倒下。我當時被嚇了一跳，但定神一聽卻又聲息全無，當我走出甬道才又微微聽到微弱的呻吟聲，確是從我間壁房內發出。我走去敲一敲那門擬一探究竟，卻無人回音。但我總覺得那呻吟聲的不正常，心知一定有異，於是我用力一推把門推開了，一看之下我真嚇出一身冷汗來。原來這間房子內似乎五百年無人住過，灰塵積得寸把厚，家具亂得像《聊齋志異》上說的狐仙住的地方，最糟的是地下還殭臥著一個少女，零亂的黃頭髮，亂披在她那蒼白的面孔上。最奇怪的是她底瘦而白的左臂上，還刺了個「三七九〇〇」的號碼。她身上堆滿了破布碎紙，上面還壓了個破皮箱，一隻椅子也倒了壓在皮箱的一邊。一見之下，我被嚇得莫知所措。但我見她似乎還有點鼻息，我急忙叫了幾聲問她怎樣了，也不見她動一動。最後我見她眼皮微微睜一睜，口唇也微微顫動，我才上前去把那椅子拉開、皮箱移去，蹲下去把她從地上捧到床上去。再問她，還不聽她發聲，我忽又想到些狐仙和鬼的故事，我真覺此時此地陰風習習。我不覺回到甬道上，想跑出街上去。但我忽又想到，如在這時她忽然「香消玉殞」了又怎辦呢？在這進退兩難的時候，我突然想到樓下管房子的人。我下樓去果然找到了他，那仁兄對我告訴他的故事似乎全未注意。但是他卻啣著個大雪茄和我一道上樓來了。

我先踏入甬道，一看，她已坐起來了，坐在床上低著頭，細長的頭髮直拖到膝上。那管房子的慢慢從他嘴上移開了雪茄，大聲的問道：「雯達！妳怎樣了?!又病了？」等了許久她才慢慢抬起頭來，臉蒼白的可怕，顫動的口唇發出像蚊子樣的聲音說：「沒什麼。」

我們又靜默了片刻，那管房子的又吞了幾口煙，然後向我點點頭說：「大概不要緊了。」他又停了半晌，下樓去了。餘下我一人站在雯達的門口。「雯達，」我說，「你要點水喝嗎？」

「謝謝，不。」她微微地搖了搖頭。然後她卻要我在那廢紙堆中，把那一張用手帕子包著的相片撿給她。

我撿起照片一看那原是一張家庭照，那一對中年夫婦的膝上坐著一個三四歲的微笑的小女孩，那中年男子穿的是很挺的制服，小女孩似乎就是雯達。

我把照片交給了她。她接過去，對照片上一直凝視著約兩分鐘，眼淚忽然像暴雨般的突然湧下，她身子一翻倒在床上慟哭了起來，哭的十分悲痛。我站了一忽兒，自覺也無濟於事，我慢慢的反手關了她的門，退了出來。

夜深了，威爾斯夫人回來了，我於是把今天的這一件小意外告訴了她。

「你可別嚇壞了！」她笑著同我說，接著她又告訴了我關於雯達的故事。

雯達的全名是「雯達．M．尼可拉耶」，她原是波蘭人，二次大戰前她父親本是波蘭政府的一員中級官吏，德蘇瓜分波蘭時，她父親做了蘇聯的俘虜。後來德蘇開戰時，在蘇軍退卻的混亂中，她父母和其他三千餘名前波蘭政府的官員和眷屬，遭受了集體的屠殺。這樁歷史上的大悲劇蘇聯一直推在德軍頭上，而那殺人數百萬皆直認不諱的納粹黨人，只有對這一次的屠殺一直不承認。他們則說是蘇聯幹的，因為斯大林對戰前反共的波蘭政府是恨之入骨的。

蘇軍退後，這塊肉餘生的小孤女——雯達便被關入了德國集中營。她臂上的那個號碼，便是失卻人性的納粹黨徒替她刺上一生不脫的俘虜號碼！

當她父母被槍決時，雯達只不過五歲。當她父母的遺物被那群野獸沒收去的時候，這聰明的小雯達暗暗的偷下了一張照片，這一張照片她一直偷著保存了直到德軍投降。戰後這個小孤女還不到十歲，她被聯合國慈善機關送到美國來，由美籍波僑所組織的救濟團體暫時收養。

可是這苦命的小女孩並不因為渡過了大西洋，便算渡過了苦海。她幼小的生命和心靈在俘虜營中所受的創傷是永遠的——她患了不可救治的腸癌，她底神經失去了常態！由於祖國留美父老的救濟，她進了醫院，在那兒她被割去了一個腎臟。這一次開刀已三年了，她的健康卻始終未能恢復，三日要死，五日不得活。

但是經濟條件又不允許她長期在病院住下去。因而由美籍波僑集資租了威爾斯太太的一間房，讓她暫時住下。她的午餐也由波僑出錢，叫我們這管房子的人的兒子，每天替她到附近餐館去買，這便是我常時見到的那個大眼無語的小孩。

我又想起那照片的故事。威爾斯夫人說雯達就不能看那照片，看了她就要哭，哭了她的病就發了。那些波蘭人知道這關鍵，於是把這照片藏起來，收在破皮箱內，把皮箱放在衣櫥上面，讓她取不著就平安了。這天下午顯然是她搭著椅子向衣櫥上皮箱內來取那照片，不幸或許是體力不支，或許是椅子未放穩，她跌了下來。這一跌她把我嚇壞了，我把這苦命的女孩錯當《聊齋志異》上的鬼怪或狐仙。

當威爾斯夫人正同我談的起勁的時候，忽然門聲響，接著高跟皮鞋聲便是一個女人的喊聲。

「沙萊，」她說，「今天妳去看『李津』（Legion）的遊行沒有？」

「健茵，妳回來了。」威爾斯夫人回答著說她沒有去看。

「多好看的遊行，哦！」說著她走進了客室。現在我才知道那善於畫眉的貴婦名字叫「健茵」。當健茵聽到我們在談雯達時，她把右手向地下一撒說：「那今天不死、明天準死的癌病鬼……」接著她又大談其「李津遊行」，說遊行的人都是和她差不多的上流社會人士——律師、醫生、小城鎮的市長……最後居然有兩個遊行的人到她服務的餐館內來晚餐。其中有一個人很羨慕健茵的美麗。

「他總是向我眼上看著，」健茵得意的說，「我也向他眼上看著……他們都是上等人，是不是？」

威爾斯夫人也感歎的說，她十五年前死去的丈夫，也是「李津」社員之一。

「哦，我也累了。」健茵嘆口長氣，向沙發上坐下，她把皮包放下了，忽然出我不意，刷的一下她把她的頭也取下了向咖啡几上一放，她這一下，不禁使我大驚失色，原來她頭上戴的是一籠假髮。

威爾斯夫人為我的驚訝的神情失笑了。

我定定神張大眼睛看看健茵，她頓時失去了以前的威儀棣棣。那幾根灰白的頭髮在腦後結成個小結，底下一張蒼白而由一天苦工之後顯得份外疲憊的老太婆的臉，看來有點可怕。

她又自言自語說了幾聲「太疲倦了」之後，忽又轉向威爾斯夫人說，今天那個吃飯的客人愛上了她。

「沙萊，妳想他是不是個理想的男友？」

「我想是的！」威爾斯夫人說。

健茵接著說她和這客人交談的經過，他那文雅的舉止是如何的「伽蘭特」（gallant）

呀！因而她答應了他下禮拜二的「約會」，因為星期二是健茵的休假日，他要開車來接健茵出去夜遊，為招待貴客，健茵要求威爾斯夫人買點花來佈置客室，下禮拜二是個重要的日子。

「這個多麼好呀！」威爾斯夫人不禁也流露了歎息而羨慕的口吻。

當她倆還在討論下禮拜二的日程時，在一旁枯坐的我也倦了，說了聲「晚安」，我就退出來了。

這個禮拜二確是個不平凡的日子。最奇怪的是我大清早便被威爾斯夫人的哭聲驚醒了。我在床上靜聽她且哭且說：

「……哦……哦……親愛的——你多沒用啊……哦……哦……你多沒用啊……哦……」

我仔細的聽下去，才知道她原來在打電話。我盥漱既畢，看她眼淚還未乾。後來我才知道，原來威爾斯夫人有三個兒子一個女兒。她丈夫在十多年前死了之後，這四個孩子，都是她一手撫養大的。大兒子是個很有成就的醫生；二兒子是海軍工程隊內的中校工程師；三兒子現在在華府某部做了七百元一月的人事室副主任；出了閣的女兒也是大學畢業的。這些小鳥兒現在都羽毛豐滿了各奔東西。威爾斯夫人現在較閒了，她在下城一家電影院做五角錢一小時的糖果攤販賣員。因為上次在糖果攤上撞傷了頭，現在時時頭暈，所以也就三天去兩天不去。她是「糖果攤販工會」的會員，所以糖果老闆對她老人家的怠工也無可如何。她本可不做了，但她必須撐持過今年年關，過此她就是六十五歲，可以告老，而坐享每週二十五元的「社會保險金」。

今天早上無他，正是她大兒子「麥克」的生日。她這顆慈母的心使她早晨不能睡下去。她計算準了正當她大兒子吃早飯的時候，她叫了個長送電話到屯里斯州，麥克的家裏去。

「這是麥克．威爾斯夫人。妳是哪一位？」電話那一端一位年輕的女太太在問。

「我是沙萊．威爾斯夫人，」電話這邊說。「麥克的母親。」

「有什麼事嗎？」那邊又問。

「沒什麼重要，」麥克的母親回答說，「只是今天是麥克的生日，我想念他，問問他好就是了。」

「我替妳告訴他就是了。」說著小威爾斯夫人就要把電話掛起了。

「我能同麥克談談嗎？」沙萊央求她。

「同麥克的妻子談是一樣的……」她已不大耐煩。當沙萊再央求時，她惱了說：「請妳別打擾好吧，我親愛的Mother-in-law。」砰的一下電話就斷了。失望的老威爾斯夫人在電話內本已聽到她孫男孫女的歡笑聲，和麥克在一旁的說話聲，她老人家如身在其間，多麼高興呀！忽然這砰的一聲，萬籟俱寂，一切都幻滅了。她還是一人呆坐在電話機旁。

但是麥克畢竟是個忠厚的兒子，他終於乘上班之便，瞞過了太太，在中途一家小藥舖內，給老母親打了個長途電話。威爾斯夫人在電話內一下發現了愛子的聲音，忍不住了，忽然嚎啕大哭起來，我所聽到的就是這最後的一段。

「妳有這許多兒子和女兒，」我說，「為什麼不選擇一個較好的家庭，和他們一起住呢？」

「不……」她搖搖頭，「誰叫我做了婆婆（或丈母娘）呢？……你知道我們美國人，如果你有部破汽車，今天拋錨，明天要修……哼！修也修不好，他會狠狠地踢她一腳說：『哼！Mother-in-law（婆婆或丈母娘）……』我實在不願做部破汽車……告訴你，我年輕時也不歡喜我的婆婆。」說著她又破涕為笑了。

「沙萊！我想時間已差不多了。」隔壁房內的健茵忽大叫起來。威爾斯夫人因而也就向這方向走去，我也跟在後面。健茵這時頭仰著靠在沙發上。臉上塗了層厚厚的紅油，活像城隍廟內的泥菩薩。威爾斯夫人告訴我說，她塗的是「除皺藥膏」，塗上兩小時，再用開水毛巾向有皺紋的部分緩緩地揉，揉了個把小時，皺紋就消滅了，這一來，老的婦人變成半老，半老的女子變成少婦。

這時我發現雯達也在健茵房內，她穿了一件舊睡衣，坐在桌子邊在替健茵修理那兩副假頭髮。這兩個假人頭，吸引了我的注意力。威爾斯夫人又解釋給我聽，說這兩副頭髮要二百元一副。「這樣貴——」我不免伸了伸舌頭。威爾斯夫人說，這樣美麗的頭髮第一賣的人索價高，成本貴。第二，手工更貴，因為這千萬縷金絲都是用手工按買主的頭型一根根結起的！我又好奇的看了一會，確實精緻，難怪健茵戴起，天衣無縫。我順便又同雯達寒暄寒暄。我問她對歐美兩洲之比較如何。她說歐洲好，何以呢？我不免要問。

「你看！」她說，「美洲的河多闊呀！難看死了……」她接著又解釋，河的闊狹，足以決定居民的勤惰。「你看！」她又說，「美國的河闊得把人都嚇慌了，沒人敢在河邊洗衣服……」

健茵這時忽打斷我們的對話、同時分給我一份工作，第一，換天花板上的燈泡；第二，用真空除塵器掃地氈，第三……總之都是些女工所不適宜做的……我們四人總算全部動員了。傍晚，客人來的時間快到了，一切佈置妥當，我們在健茵指揮之下各就各位。我還有個職務便是開門……。

時鐘指著六點三刻，果然是一陣門鈴聲，我開了門，一位結實而並不高大的男子站在門前說要見「蜜絲健茵．力保夫」，那男子腦後長了一叢頭髮，手裏拿了一頂有點像秋天荷葉的帽子。上身穿一件棕色皮甲克，裏面襯著件大紅方格子的運動衫，黃色卡機褲，下面穿一雙黑色「防壓」皮鞋，這古怪的防壓皮鞋我是知道的。穿了那鞋，縱有千觔重物打到腳上也不會受傷。美國的碼頭搬運夫、工廠技工都人各一雙的。

我把他請進客室通知了健茵。健茵花頭粉頸，穿著件紫色晚裝和銀色高跟鞋，緩緩地從臥房走進客室，行動高雅，儀態大方，真是個活的公爵夫人。健茵替我們一一介紹，那男子名叫「喬治」。

坐了片刻，喬治先站起說：「我們動身吧！」他倆牽著膀子雙雙下樓去了。

我們餘下的三個人，乃不約而同地跑向臨街的窗口，看下去，那街邊停了一部一九四七的福特轎車。我們看喬治把健茵扶上車子後，那車底下，驀地噼啪兩聲，藍煙滾滾的開向下城去了。

這是我第一次看到「喬治」，也是我最後一次看到「喬治」。

以後晚間仍然時時聽到健茵和威爾斯夫人的大聲談論。健茵仍然多的是「他向我眼裏看著，我也向他眼裏看著」的男友，但聽她的口吻已不是「喬治」。照例我又向威爾斯夫人採訪關於健茵、喬治的新聞。「健茵說，」威爾斯夫人告訴我，「她把喬治刷了。」因為她在喬治車子內發現一份《每日新聞報》，因為據健茵說她所交往的男友都是屬於看《紐約時報》的階級的。

「只怪她自己啊！」威爾斯夫人嘆息著，「誰要她年輕時不好好結婚。」

其後健茵沒有約會時，星期二總是我們最熱鬧的一天。威爾斯夫人也總是星期二不喜上班，因為其他日子，她在家會感覺孤寂的。健茵是她唯一的伴侶。她倆終日的談，談多了就吵嘴，吵了嘴就哭，哭了彼此就不說話了。下禮拜和好了，於是再談、再吵、再哭。健茵也常和雯達為廚房浴室而吵嘴，誰知那小癌病鬼吵起嘴來也不弱，健茵有時竟屈居下風。

不經意的，有一次我對威爾斯夫人說她們三人歡喜用吵嘴做消遣。

「三個人？」威爾斯夫人笑了。「我們一向是四個呢！」

這我才知道，我這間房子一向也是租給女客的，有個中國小姐叫伽羅林的也在這兒住過，兩年來，房客五易。據說不是給健茵「晏文」跑了的，就是一吵而搬出去的。有時四個人一齊吵，竟沒有一個「中立」的。所以這次威爾斯夫人下了決心要找一個男房客，因而梅絲小姐就介紹了我——（如威爾斯夫人所嘉許的）「寬宏大量」的「紳士」！

威爾斯夫人說她老了，太孤單了。因而問我是不是個「好主意」，因為她也準備找個男朋友結婚。我這個「紳士」怎能說這不是「好主意」呢？她因而說這次雯達病又發了，一個慈善的波蘭老紳士來看她，雯達因而替他倆介紹了。據說那老紳士對沙萊也很羨慕。威爾斯夫人今天很高興，特地烤了一塊大蛋糕，要雯達把那位紳士請來過晚會。她並一再叮嚀我早點回來一道吃蛋糕。

可是這天晚間我回來遲了，他們底晚會已成尾聲了。威爾斯夫人一聽到開門聲便跑出來把我拉到客室去。那老紳士果然在那兒。他蒼顏鶴髮，身邊靠著一根手杖，坐在長沙發的一端，語音宏亮，風度翩翩。威爾斯夫人穿著件墨綠色發光的晚服，為避免把衣服弄皺了，她在長沙發的另一端正襟危坐，看來像一座小土山。耳下兩顆鑽石，胸前一朵襟花，容光煥發。儼然四十許人，我默想她如在塗上「除皺藥膏」之前，先服點收音機中時常叫賣的「消瘦靈藥」，一定使她顯得更年輕。

雯達也化粧起來了，坐在一邊椅子上。她穿了件不太合身的淡紅色晚服，但是她底青春畢竟戰勝了她底不合適的衣著，耳上垂著兩串金耳環，脂粉薄施，雲鬢半理，看來也楚楚可人。

在威爾斯夫人替我們略略介紹之後，那老紳士便同我談起中國問題來了，他老人家在十九世紀時曾隨船到過上海。他說中國人長辮子是天經地義的；李鴻章是好人；李鴻章的表弟袁世凱也是偉大的。

「你有女友沒有？」他忽然問我，未等我回答，他又說中國女子是世界最美麗的，他又說蔣介石將軍是大大的。「現在好了，」他又歎口氣說：「高麗戰後共產黨讓出了滿洲，世界和平了。」接著他又說了些「唐人街」的雜燴和排骨，老紳士真是無所不知的中國通。我們聽他「海客談瀛」直談到深更半夜，他要起身告辭了。他在沙發上用力的撐了幾下，我把他扶起來。他拿了手杖，戴起帽子，但是腰卻始終向前彎著，他一步步向前一顛一顛的走，那副傴僂像才使我發現他是個名副其實的「老」紳士。

我把電梯的門開了，但是他老人家並沒有直接走進去，他先在電梯門邊上狠命地碰了一下，才摸著門走了進去。

其後那老紳士來又過幾次，有時同威爾斯夫人談到深夜才走，當然我們也未便打擾這對老情人的私情。但是雯達卻偷偷地告訴我說，他倆要結婚了。有時他來了而沙萊不在家，他便坐下同我們談天。

這一次他又來了，我正把他帶向客室，威爾斯夫人突然迎面匆忙地跑出來，向我連連搖手，但他老人家已進來了。威爾斯夫人連忙又退回客室，出我意外她忽然躲入一個大衣櫥裏去，真使我莫名其妙。

他老人家走進客室來，放下帽子和手杖，慢吞吞地在沙發上坐下。我連忙改口告訴他沙萊不在家。

「坐下，」他說，「那我們就談談吧！」

我說不行，因為我晚間學校有課。

「那我就一人在此休息、休息，等著沙萊。」

我又說不行，因為沙萊的孫兒來了，晚間不會回來。同時我站在他沙發邊，疲勞的勸他下次再來。最後他總算站起來了。等他稍一移動，我便擠入他和沙發之間，使他不能再坐下。他又向另一小沙發方向移動了。未等他到達目的地，我又搶過去站在小沙發的前面，口內不斷的勸。任他向任何可坐的地方去，他總發現我站在座位的前面。先禮後兵，中學時代的籃球，對我的幫助可大了。

結果他被我逼到客室的門口，我立刻把帽子取給他；他接了帽子，我立刻又把手杖遞過去。戴了帽子，拿了手杖，他不得不走了。我把他送上電梯，把門從外抵牢，我看電梯下去了，才放手回來。

這時威爾斯夫人也從衣櫥內頭髮蓬鬆地出來了。我忙說了對不起。同時我又問她，不是他倆已快結婚了嗎？

「同這老魔鬼結婚？」威爾斯夫人氣憤的說：「他年輕時喝酒不長進，年老了無家可歸，住在孤老院……」

「哼……」威爾斯夫人說著又笑了，「那老魔鬼又是個瞎子，快八十歲了，他還說孤老院規矩大，不自由，伙食又不好……他要和我結婚，搬到我這兒來住，要我炸牛排給他吃……」

「老不死，」威爾斯夫人笑了笑又停一下說：「他昨天晚間還要和我接晚安吻呢！」

這一次的訪問，並不是老紳士的最後一次。他以後還是不斷的來。天氣冷了，街上大雪沒脛，但是這老紳士總是披著件破大衣，拿著根手杖，自街頭摸索著一顛一跛的來敲門。雯達病起來了，室內時時發出悽楚的呻吟，加上門外那瞎子的手杖聲，使我如置身於《金銀島》上的那個小旅店，注視著那可怕的「黑狗」。

可是老瞎子的毅力畢竟改善不了他的住食——他的戀愛終於失敗了。

天陰沉得可怕，臘鼓催人，已經是聖誕節的時候。同是天涯淪落人的我們這四位無去處的住客，因而想籌備我們自己的聖誕晚餐，我們公推健茵做「主席」來紀念聖誕，同時我們四人自動交換禮物，我在書桌上發現了威爾斯夫人給我的一盒巧克力糖、健茵給我的一個小煙盤、雯達給我的一條繡著個「W」的小手帕。

可是雯達的病卻更嚴重了，好久不見她開房門，我們的聖誕籌備會的「主席」忙得也就不起勁。

還算我運道好，聖誕之夜一位老教授愛文思先生夫婦約我去晚餐，情不可卻，我不得已離開了我的三個伙伴。餐畢歸來，已是跨過午夜了，當我冒著風雪歸來時，發現門首停了部紅色救護車，最初我以為是鄰人聖誕鬧酒出了事。誰知上到五樓，才知道意外是出在我的住處。鄰人和他們的客人，有的手裏還拿著酒杯，正在我們門外，屏息圍觀。我趕進門內，看健茵穿著睡衣站在雯達門外啜泣，威爾斯夫人也露出沉重的面孔。兩個警察和一個護士，正在把一個無知覺的雯達抬向軟床、我忙問威爾斯夫人，「雯達怎樣了?!」她低聲懊喪的對我說：「她這月房錢還未付我呢？」

我擠進雯達房內幫同警察把軟床抬出。我叫了雯達幾聲，也不聽回答。我幫著將她一直抬上救護車。那車子紅光閃了兩下，忽然「嘶——」一聲把雪水濺得亂飛，在紛紛的雪片中疾駛而去。我站在街邊看那紅光漸漸消失在街的盡頭，可怕的嘶聲漸漸杳然。抬頭看著左右高樓上，聖誕樹發出的光彩，舞影幢幢，歌聲隱隱，紐約市的居民，正在度著一個可愛的「白色聖誕」。

原載紐約《海外論壇》第一卷第八至九期，一九六〇年八至九月

學跳舞

子靜

這對我原是不應該用的、數目相當大的「冤枉錢」。它合起上海的「金圓券」來，真是不知多少「萬」兒？但是我還是忍痛的用了，因為它只是七角五分「美鈔」，我在「落日軒」一頓排骨就銷掉了。

未等我取出一圓美鈔來，那坐在收銀席上、穿著粉紅色繡花旗袍的美麗小姐早就把兩角五分銀幣塞到我手裏，又用她那小橡皮圖章在我左手背上印了一個小兔子，我就揚長地走進巴納女子學院的跳舞廳了。廳裏面黑得令人有點不慣。那巨型的Hi-Fi大唱機播出的音樂，比上海「大世界」屋頂上的洋琴鬼奏的好聽得多了。就人數來說，也就真夠偉大，黑壓壓的人影足有一百來對，把偌大的一個禮堂擠得水洩不通，幸好靠著牆還可以行動，我打量一下，便沿著牆向有燈的方向走去，雖然兩百多人，誰也不理我，幸好牆角上也站滿許多不舞的「單身漢」，我至多也不過是其中之一而已。當我走向亮處時，才發現那兒不但有個檯燈，同時那兒還有一張三人沙發，只有一個「單身漢」，彎著腰坐在一端。我便不自主地坐在另一端。這位朋友看也不看我一眼，河水不犯井水，我當然也犯不著去理他去。

我坐了大約一刻鐘，沒事就清理清理指甲，和想想我那失去的七角五分錢。可是這位朋友卻動也不動一動。只是彎著腰向舞場中注視那兩百多條前後亂動的腿。他嘴內似乎還不斷地在唸些什麼。那兩隻無事的手則在耳朵上和鼻子上扭來扭去。這位古怪朋友的古怪動作倒吸引了我的好奇心，我對他提神地看一下，幾乎忍不住的笑出聲來，原來他是我的老朋友——小廝。

我輕輕向他背上敲了一下，又輕輕叫一聲「小廝」。小廝吃了一驚，轉過身來看見是我卻又大為高興，大聲說，「呀?!你也來了！」我說，「我來了這麼多時候，你理也不理我一下，你在幹嗎呀？」

小廝搖搖頭，歎口氣說，「……有的快，有的慢，奧妙不盡，變化無窮……」

「你在說跳舞嗎？」我說。

「我在這裏已經看了一個多鐘頭，」小廝說。「就是看不出名堂來。你看他們跳的有快、有慢，各不相同。」說著他指著那暗處，一對舞侶腳上只微微而動；上面這個頭靠著那個頭，卻一動也不動。他又指另外兩對給我看，那個穿著花裙子的正繞著一位大漢在兜圈子。另一位黃頭髮的少女和一位黑色飛機頭的少男，面對面，誰也不拉誰，扭得挺起勁。

「……真變化無窮，奧妙不盡。」小廝又嘆口氣。

這時音樂停了，燈也亮了。舞場四周擠滿了談話和擦汗的舞伴，顯得怪累人的。小廝和我也把沙發讓給累了的少女，站到一邊。牆上的擴音機響了，原來是一位大約有十八九歲的華裔女青年在臺上說話。她首先代表巴納中國女同學會謝謝來參加的人，連我和小廝都在內。接著他又謝謝另一個女子學院的中國女同學會，謝謝她們「派來了二十幾位又年輕又漂亮、舞又跳得好的小姐們，來幫助本會做女主人。」她請求她們都站起來，好讓大家認識她們。她們果然站起來了，每一位都帶一枝白玫瑰。大家沒命的向這些白玫瑰姑娘們鼓掌，我和小廝也把手都拍紅了。

女主席又叫她本會帶紅玫瑰的三十來位「女主人」起立。我們又沒命地向這些紅玫瑰姑娘鼓掌。在掌聲裏，音樂響了，燈光漸漸暗了，小廝和我又恢復了原有座位。我二人剛坐下不久，一位穿墨綠旗袍帶著紅花的「女主人」來向我們打招呼。小廝和我連忙站起，然後分兩邊請她一齊坐下。

她先問小廝為什麼只坐著不跳舞。小廝說尚未學會。她又轉身過來問我，是不是因為我的朋友不跳舞，那我就一定要陪著我的朋友一齊坐著而不跳了呢？我連說不是，我不跳，不是陪著小廝，而是還沒有學跳舞。

女主人畢竟殷勤。她說那我們談談也是很有興趣的。當她知道我不久之前才從上海來，她就不說英語，而改說「蘇白」了。她問我，「儂喜歡上海，還是喜歡紐約？」我正在考慮哪一種回答才能討女主人歡喜時，一位大漢已經在我們面前出現了，他把右手一伸，只說了半句英語，我們的女主人就微笑地站起來，向我和小廝說了聲「對不起」，便被大漢帶走了。小廝那十分緊張的面目，自她走後，又恢復了正常。

我和小廝一直起呀、坐呀，又在那大沙發邊消磨了兩個鐘頭，希望那「女主人」再來和我們談談，但是她卻一去不返。夜深了，音樂機上唱完了「晚安吧，阿侖」，小廝和我才隨著人潮，走出了巴納女子學院。

「上帝啊！」小廝對著街燈歎了一口氣，「我的房東還以為我跳了一晚上的舞回來呢！」

「去學！」他又把嘴唇一咬，用右拳狠命地打了他底左掌！在寒風中，我還聽小廝說了些什麼「毋寧死……毋寧死……」我們因住處方向不同也就分手了。

小廝是我在上海美國領事館辦簽證時認識的朋友，原名司徒雷。那時因為我們同是未來的留學生，所以一見如故。他比我先到美國，我來時他已在「山上」做過一個暑假的苦力，淨賺了好幾百元，並且取了個洋名字叫斯丹萊。據他說這名字原是他猶太老闆替他起的，實在起於言語不通的誤會。

當他最初報名洗碗時，猶太老闆叫不出他底名字，便問他說：「我們應怎樣稱呼你？」小廝說他在中國大學當助教時，人家都叫他「密斯特司徒」，所以最好也叫他「密斯特司徒」吧。猶太老闆對他打量一下，鼻子哼一哼說：「我們美國只有一個密斯特，這密斯特名叫杜魯門。」

小廝一聽才知道他自己「密斯特」不起來了。但又不知道自己叫什麼才好，一時唧咕不出來，猶太老闆光火了，大聲說：「僕歐，你的第一名叫什麼呀！」小廝這一下更慌了，乃大聲回答說：「我的名字叫司徒雷！」

老闆聽了高興得笑了，拍拍小廝的背說他是「好孩子」。自此以後小廝的洋名字就叫「斯丹萊」了。

我到美國之後，斯丹萊特地來看我，我不在家，他就留了個英文條子。我看不出、也讀不出這個名字，只知道是個「斯」字打頭。我一直不知道這個「斯」先生是誰，好久才知道是他。他個子又小，年紀又輕，人也天真活潑像小老弟，我又記不住一大窩洋名字，因簡呼之為「小廝」。司徒雷兄欣然同意，因而他就是我的「小廝」了。

自從我們「跳舞」分手以後，小廝又來找我幾次，找我的目的是要「學跳舞」，他認為我既然也不會跳，最好和他「同學」。小廝的學習格言是，身為留學生而不會跳舞，實在太「無恥」了，他痛心疾首非學跳舞不可。我和他是同病相憐的，所以也大力支持他，答應他，他如找到門路，我一定和他同學。

我的鼓勵，增加了小廝的勇氣，有志者事竟成，小廝逐日奔走，我也就靜等他的好消息。

果然不久，小廝的「好消息」就來了，他告訴我已找到了學跳舞的「門路」。據他說他在最近又參加一次跳舞會。出乎意外地，他碰見了暑期曾在一起做工的大頭桀克。桀克原先也和小廝一樣，遇到舞會總是坐著跳的，這次可不然了，桀克從「狐步」跳到「吉特巴」，跳得他底舞伴，滿場打轉，香汗淋漓。誰還知道桀克半年前只會走路呢?!真是天下無難事，只怕有心人！

小廝羨慕極了。忙向他請教「門路」，才知道桀克是享有跳舞專門學校的畢業證書的舞藝專家。那時桀克因為約有單獨舞伴，小廝也學會了一個英文單字「Date」，所以未便多談。二人約好以後詳談。小廝因而特來約我同訪桀克，一探究竟。

我們出發之前，我特地提醒小廝先打個電話，以免撲空。小廝說桀克為省錢，住在一個「冷公寓」，那裏既無熱水、更無暖氣，哪裏來電話呢?不得已我們只有憑運氣支配了。我們整整坐了一個鐘頭的地道車，才找到桀克住址。誰知竟不出我所料，撲空了。

幸好桀克的冷柏文之內，還住了一位名叫保羅的熱同房。他招待我們坐下吃茶，彼此稍微「先生」了兩下，就變成老朋友了。保羅告訴我們，桀克白天上課，晚間在一家飯館搬盆碗，深夜始歸，他們很少見面。

「哈！」小廝說，「桀克真想做資本家！」

小廝說這話不是無因的。據他說桀克是他們夏天上山的一群人中，錢賺得最多的一位。因為他力大如牛、手腳靈敏。別人要跑三次廚房，桀克一次就夠了。小廝說他自己的盤子裏放了二三十個碗碟就夠重了。死鬼猶太人，每個碟子簡直有半磅重一只。但是桀克一下可搬兩百隻。盤子裏平放不下，他會用小碟子在盤子四周砌一道牆，然後再向中間堆盆碗。所以桀克一舉起，那盤子就像觀音菩薩所站的那隻大荷花，遠東來的搬盤子的行家，把這種搬法叫做「荷花盤」。一個荷花盤少講點也該有一百五十磅。高頭大馬的老番，搬荷花盤的已不多見，黃巴巴的黃帝子孫，能這樣搬的就絕無僅有了。

小廝說，慢說是荷花盤，就是桃花盤、杏花盤他已經夠累了，但是桀克便是搬荷花盤的大力士。有時客人少了，無荷花可搬時，桀克會把大盤子用三個指頭撐起，在猶太太太們的頭上伸來縮去，足使客人吐舌，老闆皺眉，茶房頭伸拇指。

桀克就憑這點武功，一個暑假就淨賺一千三百美鈔，而小廝每晚膀子抽筋，卻只賺了六百。照小廝看來桀克真是富翁了，一年之內可以坐著吃，埋頭讀博士，不顧其他。這樣有錢的人，還住間冷柏文，現在還要去做夜工，不是想做資本家是什麼呢？

「桀克真是苦幹！」小廝把曾經告訴過我的桀克掘金記又重複給保羅說一遍，並加了這麼一句讚辭。

「桀克哪裏有錢？」保羅很鄭重地說，「他的錢都花掉了。」

「……」小廝睜大眼睛，簡直不信。

「他匯錢回國養家嗎？」我不禁插一句嘴。

「哪匯得了那許多！」保羅說，「他學跳舞學掉了！」

這一下可把小廝和我都嚇呆了。學跳舞！我簡直想不透，能在三四個月內學掉千把塊美金，我不能相信，小廝更不相信桀克有此魄力，他知道桀克是貧寒出身，吃條「熱狗」都會考慮半天的人，怎會如此「荒唐」。

「荒唐什麼？」保羅說，「他說在那環境之下，不花錢是有失中國的國體，所以他才花了。」

保羅是不愛說話的人，可是我們的好奇心卻強迫他把桀克入學的經過，說給我們聽。

原來桀克自暑假回來後也「坐掉了」幾個舞會，因而他也有「美國留學生不會跳舞，未免太無恥了」的感覺，下決心，非學會跳舞不可。果然天不負人，一天在報紙上找到了一個最理想的跳舞學校的廣告。那上面寫明是世界最有名的跳舞學校，並列舉了什麼波斯王子、匈牙利公爵等名人，說他們都是該校畢業生。桀克本不敢有此奢望，要和他們同學，不過便宜得出奇的學費卻吸引了他。這廣告說，「試舞每小時一元，學生如不滿意，包退還洋……」另外還有一條寫著「攜女友或眷屬一同入學者，試舞費每小時七角五分」。學生們如不滿意，也「包退還洋」。

桀克一看這廣告就很「滿意」，並沒有存退費之心；他一時也找不到「女友」或「眷屬」，所以也不想省兩角五分錢一小時。他決心是出一塊錢一小時，這和他暑假的工資相差無幾。桀克既在猶太飯店做工之後，頗有「階級意識」，絕不想做資本家來剝削別人勞動的。

一天下午，桀克帶了剪報，便在下城繁華區域找到了這家大學校，原來校舍是在一座大樓的第二十四層。穿制服的開電梯工人，把桀克送到二十四樓，還向桀克彎腰做了一個極有禮貌的手勢。桀克是同階級出身的，知道這位朋友的心理，便順手給了他兩角五分，電梯便下去了。兩角五分不是個小數目，但是桀克想，將來如能帶「女友」來同學，這兩角五分還是可以在學費上扣除的。

學校門前坐的一位年輕招待員，她只微笑一下，便拿一表格給桀克。這表格除「姓名」之外，什麼年齡、學歷、籍貫、祖宗三代等，普通入學填表時所要求的那一套都一概豁免，「性別」之外，其他便是你歡喜哪項運動？身長多少？體重多少？等等無關緊要的問題，桀克填完了，那招待員便領桀克走向一間有名牌的「校長室」。那位啣著根大雪茄似乎是校長的人物，只對桀克上下打量一下，便拿起電話，將桀克的「表」背誦一下，便在表上寫一個「十五」，手向門前右方一指，似乎是叫桀克向那方向去找十五號。二人並未交談桀克便出來了。

校長室前是一條長甬道，兩邊全是房間，門都緊關著。門上卻有個大號碼。桀克順序走到十五號，發現門是開著的，一位十分秀麗的碧眼金髮、大約二十來歲的女子正在向一位和桀克差不多的小伙計說晚安。「迪克，」她在說過晚安之後，又向這轉身的客人補一句，「下次可別來得太早，免得一個人枯坐著等時間，怪寂寞的。」

那小伙計，只把身子略轉下，一舉手吹了個口哨便大步離去了。這姑娘嫣然一笑，又送了個「飛吻」之後，才轉身來招待桀克。這一幕晚安送別的鏡頭，桀克如仍在中國，一定會說他們在「打情罵俏」，不過現在桀克覺得沒有什麼不正常。相反的，不這麼，才不正常呢！「一副死面孔，算什麼?!」桀克時常覺得美國青年男女活潑熱情，非我們祖國青年的假道學所能比。

這小姐向桀克自我介紹名叫安妮。他早知道桀克名叫桀克。她把桀克請進十五號，便隨手把門關了。這十五號是一間十二三呎見方的空房，三面是鏡子，除兩張木椅和一個小茶几之外，別無家具。

安妮一進門，舉手揿了個電鈴，音樂便響了。她把左手向桀克右肩上搭著，右手拈著桀克左手便開始向後轉動了。桀克知道這就叫做「跳舞」，他自己是不會跳的。他腳是在向前走，嘴裏卻連說，「安妮，我還不會跳呢？」

安妮金黃的頭髮只稍稍一顫動，嘴裏含笑說，「你現在不是跳得很好嗎？」

桀克為了今天入學特地穿了一套新西服，胸前還有一條白手帕，頭又是新剃的，光澤鑑人。他向三壁的鏡子裏一看，簡直不相信這便是滿頭汗珠手托「荷花盤」的自己。

尤其令他感動的是他懷中所擁抱的那一位身材苗條、秀麗、溫和、活潑而端莊的舞伴。他倆高矮胖瘦，算是中國舞臺上所常說的，「天生一對，地設一雙！」

「安妮，」桀克不安地問，「我們現在跳的是什麼舞呢？」

安妮說，「狐步呀……，你是不是嫌不夠味呢？」

「Oh, no...」但是桀克的「no」字尚未說出，安妮便搶著說，「讓我們『破』（break）一下看。」說著她左手稍一用力，桀克便和她肩並肩在向前走了。剛走兩步，她左手又向桀克的臀部一按，桀克一驚腳步便換了次序。再走兩步，她又一按，桀克又換一次。第三次桀克便自動的換了。原來桀克受過「軍訓」，在「提步走」時，出錯了步子，要換回來的辦法，是和現在一樣的。桀克信心大增，右手摟緊了舞伴的細腰，昂然向前，再看看鏡子裏的舞影，好不英俊！

這時安妮，出其不意地，把桀克向左一推，叫聲「再破」，桀克不自覺地便向左打了個圈子，回來正碰著安妮也向右打個圈子回來，真是丁東一下，倆人又抱在一起，安妮轉過頭來問桀克「好不好？」

桀克自然連聲說「好」，可是安妮沒有等他說完，便搶著說，「拉丁舞破起來更有味呢，讓我們再試試看！」

未待桀克同意，她便鬆開了手。桀克也站住了，吐了一口長氣。心裏想，有人教游泳，直接了當，便是把學游泳的人，向深水一丟。讓他去喝水，然後再把他救起，休息一下，再丟下去。據說一個人只要這樣連續喝兩加侖水就會游泳了。這叫做直接教授法。安妮教跳舞的辦法，顯然就是「喝水」的辦法。

安妮的音樂又響了。她擁著桀克扭動，桀克不知不覺又跟著她扭了起來。再向鏡子裏面一看，果然和以前不同。想起以前只是在換步伐、上軍訓，現在可真在跳舞了。可是扭了幾下桀克方寸漸亂，有點扭不來了。安妮自桀克肩上放下右手，改向桀克腰間推動，嘴裏含笑地發出輕微的口令來反覆唸著，「快，快——慢；快，快——慢……」在她底口令之下，桀克又逐漸恢復正常，和她配合扭動，雖然有點吃力，還可勉強應付。

「破——」安妮忽然把桀克左手向上一推，自己在桀克手下連做兩個來回的三百六十度旋轉。她那幅紅色的裙子隨風飄起，真像朵荷花，美麗而調和。

接著再扭幾下，她把右手食指向桀克肚臍上一點，意思是要桀克只站在原處跳，不要移動，她輕輕地把自己的右手握住桀克的右手，再換回左手，輕輕地在桀克身邊繞了一周又回到桀克懷抱中來。桀克注意牆上的鏡子，頗覺自己像朵玫瑰花，安妮像個蝴蝶，這蝴蝶輕輕地飛繞玫瑰花一周，又回到花蕊上來。

桀克不知蝴蝶繞花一周時，花應如何跳法。不得已又拿出軍訓課上的老辦法。「提步走」，走不通時，「踏步踏」。他再向鏡子裏看，這朵花的「踏步踏」和蝴蝶的「飛舞」比起來未免太笨了，但究竟比站著不動像朵「呆花」要好多了。

「桀克，你一定是個很好的運動員。」安妮一面說著，一面拉一張椅子給桀克在她底小茶儿對面坐下。

「沒什麼太好，」桀克說，「我歡喜運動就是了。」

「啊！」安妮有點不信，「你一定是個棒球明星。不然你身體為什麼這樣靈巧，跳舞一學便會了。」

「棒球，我們在中國倒不常打，」桀克說，「不過我在籃球方面，在中學和大學都是選手呢？」

「你還是大學生呢？」安妮有點驚詫，「難怪我看你有點像中國外交家的風度呢？要當外交家，一定要會跳舞是不是？」

面對著安妮誠懇而天真的笑臉，桀克未回答這問題，只好笑一笑。安妮又說，「桀克，我看你跳的已經很好，但是幾個基本課程還是應該學的。先學狐步和華爾滋。以後再學西班牙舞吧。」

「西班牙舞對我太高深了吧！」桀克有點不敢想像。

「你剛才不是跳的很好嗎？」

「那一圈一圈就是西班牙……?!」

安妮笑笑說，「那叫狼巴。跳得好才夠味呢！」

「跳得好那才夠味呢。」桀克也重複一遍她的話，不過卻未說出聲來，心裏倒是挺癢癢的想學一下。

安妮埋頭不響，在替桀克排課程表。她計算桀克能修完以下課程，則社交舞，在華爾道夫星光廳內也可跳的很配合了。她覺得桀克應學：

基本狐步——十小時

基本華爾滋——十小時

等這二十小時基本課程修完，再修中級和高級。這十小時可於一星期修畢，星期一到五每日二小時。普通公務員、店員最好習舞時間是每日下午八至十。桀克既然是學生，不必上下班，安妮說下午二至四或四至六最好。晚間教師有的都疲倦了，所以下午二至四是最好的一堂。不過桀克喜歡四至六，安妮也覺得桀克的時間分配極為智慧，因此就這樣決定下來，下星期一就可以來上課了。安妮就是教師。

安妮又說，她們底學校對清寒學生的學費是有折扣的。一位匈牙利流亡公爵來入學，學費是五十元一小時。習舞時師生雙方都穿晚禮服，課堂便是一個小舞廳，一旁還有侍者在準備休息時用的香檳，據安妮說那實在是不必要的浪費。一個人總該實際點，何必和那些富翁比呢？因而她替桀克打算盤，惠而不費，每小時學費七元五角。如果桀克不是學生，那校方就要收十元一小時了。

「我今天本來是看了廣告來『試舞』的，」桀克說著自己有點面紅，「實在沒有帶這許多學費！」

「在紐約，四處都是強盜，」安妮把嘴一翹道，「誰敢帶許多錢在身邊？桀克，你以後千萬別帶比二十元還多的數目在身邊啊，別忘記，這兒是紐約呀……危險……」

「安妮，」桀克說，「我今天只是『試舞』的呀！你們底廣告上面不是那麼說的嗎？」

「桀克……啊，」安妮露出一副天真而可憐的面孔，半抱怨、半哀求的說，「難道你對我的教授法不滿意嗎？……啊……桀克！」她幾乎哭出來了。

桀克有點心酸了。安妮的一副可憐而發光的藍眼，死盯住他，等候回答。

「安妮，」桀克抱歉的說，「你真是再好也沒有的教師了。不過我是窮學生、我考慮的是經濟問題啊。」

「啊，桀克……」安妮哭喪著臉說，「學費你不可以分批付嗎？我也只是受僱來工作的，我教了你這些時，你還不願學，他們不會相信是由於你的經濟問題而是你不歡喜我？」她說時用手向外一指，桀克立刻想起，那個口啣雪茄的寶貝的死樣子。

安妮一副虔誠的眼，仍在等待桀克的回答，使桀克尤其覺得不忍。桀克是個軟心腸的硬漢子，他想萬一因為他不願學而影響這位「妞兒」的飯碗怎辦呢？「不管她。」

桀克把心一橫，想掉頭而去。可是他終於未說出口。

呆了半晌，他看那副可憐的藍眼睛仍在盯著他。桀克又把心一橫，但是卻橫向另一個方向。「奶奶的，」他想，「俺大頭桀克癡生二十八年，還未對不起過娘兒們呢！」

桀克又沉默了半刻，終於牙一咬，手向衣袋一插，大聲說了句「算了！」他倆小口兒原在說洋文，可是桀克這一句卻說的是北方官話。安妮不知是什麼意思，還是望著他。桀克的聲音又降低到原有的紳士英語說，「我決選修這兩課了！」

安妮不由得破涕為笑，高興極了。

桀克也自覺很英雄爽氣，自皮夾內取出原來預備「試舞」二十次的兩張十元美鈔，交給了安妮。安妮拜謝至再。一直把桀克送到大門口，說了許多「快樂的週末」、「星期一再見」的話。桀克便大踏步走向地道車站。

幸好袋內還摸出一毫銀幣，足夠回家路費。桀克匆匆趕回公寓，正值保羅在煮晚餐，兩人便一起吃了，所以保羅對桀克入學的經過，知道的十分清楚，可以貢獻給小廝和我做參考。

我們來訪桀克時，真是巧，也是保羅做飯的時候。保羅是個好廚師。做了大鍋的紅燒蹄膀和中國青菜，香味撲鼻。他遲遲不吃晚飯，但是小廝對跳舞的興趣使我們忘記了這是保羅的公寓，和保羅的用餐時間。餓了的飢民，嗅覺本是最靈敏的。保羅的肉香引起我不知不覺地讚賞一句「好香」。

保羅不好意思地揭開了鍋蓋。小廝和我不約而同地伸過頭去，大加稱讚。保羅似乎也心裏一橫，做下個「算了」的決定，堅持要留小廝和我吃頓晚飯，我二人推辭不脫，最後由小廝自動去買了幾罐啤酒，大家對酒吃肉，乾脆談個痛快。

據保羅說，桀克自從進了學校之後，從「基本」學到「中級」，最後又學完了「高級」社交舞。高級畢業時，為了酬謝教師，還租了一套晚禮服，請他底教師到拉丁夜總會晚餐。

當桀克荷花盤在手時總是口中不斷的“Thank you, Sir!”他曾發誓，總有一天要「招待頭」也這樣來恭維他一次。這一次美夢終於實現了。桀克身穿小禮服，手挽如花似玉的金髮佳人，乘上的士風馳而來，閽者開車門，桀克賞以五角，果然就當起“Sir”來了。一進大餐廳，桀克胸脯挺得比天還高，「招待頭」鞠躬如也，「Sir長」、「Sir短」

更不絕於口。最初桀克還數著自己被“Sir”了幾次，最後數不完，也就算了。

招待頭把桀克和安妮領到舞池邊最好的席次，上可看洋琴鬼吹喇叭，下可一目瞭然看舞池中表演的各種節目。安妮雖也曾來過這裏兩次，卻未坐過這樣好的位子。桀克笑笑說：「招待頭知道我是熟客，所以才能坐到這席次。」其實這是桀克第一次穿禮服入夜總會呢。不過桀克是行家，畢竟是吃這行飯發財的。他一進餐廳，便將兩張一元鈔票捲成一個小筒，像反拿香煙一樣，把這小筒在左手食指和中指之間露出一點兒端倪來。當招待頭第一次彎腰向他鞠躬時，桀克把左手稍稍一動，招待頭便知道這位黃皮膚的紳士是有來頭的，可能是電視上偶爾看到的威靈頓顧，不然就是張學良將軍的小舅子，再不然就是正在打兩千萬元官司的「毛將軍」和他的金髮女秘書。招待頭是沒有種族偏見的，何敢怠慢。一連串的“Sir”和「媽姆」便把安妮和桀克帶到最好的席次。可是當桀克暗中把那支小香煙遞給他時，他瞥眼一看，第一顏色不對，第二份量太單薄，他顯然有點失望，他心裏可能也罵了幾十個「母狗的兒子」，桀克實在一句也未聽見。

這個位子果然非凡，侍者招待之殷懃，安妮說是她向來未見過的，這可能因為那群侍者們，雄狗的眼，還沒有看出，招待頭在暗地裏所罵的母狗的兒子，他們也錯把捧荷花盤的「公共汽車兒童」（Bus boy）當成了毛邦初將軍。

拉丁夜總會是名不虛傳的。桀克和安妮一杯在手，爵士悠揚，在電燭搖曳之下，小倆口兒娓娓傾談。以桀克的魁梧瀟灑，配安妮之嬝娜嫵媚，便是天上無偶，人間有雙。安妮頗有酒量，粉頰初紅，益發軟語如珠。桀克雖然非酒徒，然而三杯兩盞，也勉強可以捨命相陪。

等到樂隊奏起狐步或華爾滋時。桀克和安妮便翩翩起舞了，一個是師出名山，一個是及門桃李，跳起來自然節拍相符。安妮酒意三分，玉山半倒，桀克以荷花勇士扶半醉美人，夫子既不再指點，學生也就無心學業。一時桀克將安妮稍抱緊點，安妮便索與倒入勇士懷中。臺前緩竹哀絲，頭上燈光半滅，二人相依相貼，與課堂上的情形完全不一樣。舉習與適用本來有別，這使桀克想起以前受軍訓時，黨國名人訓話時常提到的名言，叫做「文章不與政事同！」

燈光亮了，安妮理理頭髮，桀克扶她回到座位。安妮又重行敷了點粉，侍者推了金的車子，送上桀克和安妮最喜吃的菜。二人邊吃邊談，一次桀克半晌未語，忽然情不自禁地笑出聲來。安妮最關心桀克，忙問何事這般有趣，何妨說出大家笑笑呢？

桀克說：「我笑我的祖國抗日戰爭時的大學校長陳樹人博士。」

「陳博士是不是也進過跳舞學校？」安妮奇怪地問。

「陳博士哪裏敢跳舞，」桀克說，「他是孔夫子的學生。」

「桀克，」安妮把眉一皺，「你們的孔夫子現在還活著嗎？」

「他老早死了，死了千把來年了，」桀克說，「我說學生，我意思是孔夫子主義者。孔夫子是不跳舞的啊！」

「他不跳舞就算了，有什麼可笑呢？」安妮有點不懂。

桀克說：「我笑與跳舞無關，我笑他要我們做學生的要『尊師重道』。教師上堂我們要『立正』，路上遇到老師要『鞠躬』。我現在進你們跳舞學校，你不也是我的『老師』，照陳博士的訓令，我在課堂上見你來了要立正，在街上遇見你要鞠躬的啊！但是安妮，今晚咱們倆跳舞，可像師生戀愛啊。在我們中國，師生戀愛不但其他學生要鬧風潮抗議，陳博士也會把你解聘啦！」

「你們中國真奇怪……哈……哈……」安妮唧唧地笑得喘不過氣來。

「安妮，」桀克也笑著說，「別以為我們中國人奇怪，各國風俗習慣不同啊。」

「先生和學生的關係在我們看來只是知識傳授，」安妮說。接著她又解釋說，「戰後我爸爸想做日本復興工作的生意，曾到哈佛大學選讀一門日本會話，和一門近代日本經濟史。教我爸爸會話的便是一位二十來歲的日本女學生，難道我爸爸見她還要『立正』、『鞠躬』？我爸爸是藥劑師，他也教過課，如果這小姐正巧也選了我爸爸的課，那他倆人誰向誰立正呢？」

桀克未想到這妞兒還有這樣口才，他一時竟回答不出。安妮又認真逼他一句說：「要是我父親和那日本女教師鬧戀愛，只有我媽媽才能抗議，哈佛大學其他的學生也犯不著管閒事、鬧風潮呀？」

桀克不想在跳舞場中辯論教育哲學。只和安妮開玩笑說：「我們中國如果能請你去當大學校長，中國教育一定要進步多了。」說得安妮哈哈大笑。

「桀克，」安妮又問，「你們的孔夫子和印度的甘地哪一個年紀大些。」

「孔夫子比甘地大多了！」桀克說。

「難怪孔夫子的學生要這樣主張呢？」安妮說，「甘地聽說會教印度人紡棉花。手工紡棉花的社會裏面的制度怎麼能拿到有高度流動性的工業社會裏來用呢？……」

安妮愈說愈得意，桀克只好打斷她底話，誇獎她真聰明有學問。安妮也得意非凡。這時正好樂隊奏起狼巴舞樂來。桀克問安妮，關於狼巴的基本動作，安妮用兩個細長的指頭在枱布上表演幾下，便站起來了，桀克只好也站起，摟著她走下舞池。桀克雖然尚未窺門徑，但是名師好徒，桀克如忘記了步法便來個軍訓上的「踏步踏」，安妮如蝴蝶繞花，自會繞著他旋轉飛舞，美妙無窮。

時間已是夜半一時半。侍者恭敬地送上賬單夾。桀克一看是七十二元四角。桀克付了四張二十元大鈔，當侍者以小盤子送回找零時，桀克說了聲"Keep it!"，那侍者彎了九十度，恭敬地說了聲"Thank you sir!"。桀克理也未理他，那侍者又鞠了個大躬。

在的士車上，桀克默算一夕的消費，連衣帽和三次小便所用的錢在一起，大約尚不足一百元。自己暗暗把舌頭一伸，默算這一學期的伙食總歸維持不到底了。可憐的安妮，不知好漢心中之事，還在一旁問道：「桀克，你狐步和華爾滋學完了，下星期是不是還學西班牙呢？」

桀克稍想一下，今年反正過不了年，百元大鈔算什麼，俺三十七年在上海還不是花了幾百張。「安妮，我當然學下去。」安妮高興極了。車抵安妮門首，二人下車，又在安妮門前細談片刻，便互道下星期再會了。桀克摸摸荷包，地道車錢總還是有的，也就登車返寓了。

桀克自跳舞學校畢業以後（據保羅的看法，而小廝同意的）可真不平凡了。每次跳舞會，他必然參加，每參加必從頭跳到尾，從不稍息。偶爾搶不到舞伴站在牆邊，也是不平凡的。他總是皺著眉頭，指東劃西地批評，張三是「八字腳」；李四只扭那不應該扭的肩膀，卻不扭那應該扭的屁股；王五就更糟了，簡直像上海四馬路的野雞，只會到處「拉人」，哪裏會跳舞呢？

桀克不只是批評「領袖」（leader），據保羅說這「領袖」並不指「政府首長」，而是跳舞專家的術語。大凡男女對舞，男的總歸是「領袖」。這資格是與生俱來的，並不需要「革命」、「坐牢」和自己指自己鼻子那套手續的。桀克也照樣批評「隨員」（follower）的。大凡男女對舞，不論女方是如何偉大，偉大到像伊利沙白女皇、羅斯福夫人或毛藍蘋，她們如同桀克對舞，也是要當「隨員」的。

據說桀克自畢業以後，當了「領袖」，除老師安妮一人之外，就未找到一個中意的「隨員」。不是瑪莉「黃巴巴，瘦扁扁」，便是玫瑰的旗袍「直桶桶的」如何能跳「探戈」呢？傑克最恨的卻是跳舞大眾不按規矩跳，「亂來一泡」，真使傑克氣得面色發青。照傑克的規矩，一兩百人的大跳舞會，所有「領袖」們都應掌握住他們底「隨員」，繞著舞場，向「反時鐘」方向跳。庶幾一男一女排隊前進。要大家都跳得高興了，來一個「換舞伴」運動，一聲令下，一步向前，全場都換了，那多夠味！

「中國人的舞會，就是不能跳，」傑克總是這般抱怨著，「大家你碰我、我碰你成什麼話呢？」傑克還舉了個實例：有一次他跳探戈時，正推著「隨員」向前做「慢——慢——快、快……」的最高潮時，忽然感到天崩地塌，他底「隨員」零達大叫一聲「媽呀！」他舉頭一看原來是那「活豬」富蘭克，不按規矩跳，而做「順時鐘」方向前進。雙方迎頭而來變成了「慢——慢——快、快——碰」，蘿茲的臀部正碰著零達的屁股，所以碰得零達大叫「媽呀」。

傑克事後想想這一「事件」，猶有餘怒。他告訴保羅說，「這就像在單線街道開車，而活豬富蘭克，開錯了方向，來個head-on……你看氣人不氣人。」他說幸好零達屁股未撞傷，否則打起官司來，富蘭克違反交通規則，是要吃官司的啊！

保羅口才並不好，但是他那慢吞吞的敘述，使我和小廝，只顧聽得出神，簡直忘記了桌上香氣撲鼻的紅燒肘子。保羅誤以為我二人已吃飽了，他慢吞吞地說話，同時也慢吞吞地把肘子收到冰箱裏去了。小廝很懊悔，只顧耳福忘了口福，他事後告訴我，他只吃到「一小塊」。

「上禮拜六的跳舞會，桀克為什麼沒有去！」小廝索興忘記了紅燒肘子，再追問一句桀克的下落。

「他最近已好久不跳了，」保羅說，「他週末要去搬盤子的。不然他哪裏有錢付我的房租呢？」

據小廝所知，這柏文原是桀克「頂」下的。保羅原是桀克的房客，現在保羅怎樣又反客為主了呢？這種轉移，真是和跳舞一樣「變化莫測，奧妙無窮」！其實故事也很簡單，桀克的學費太貴了。他一共從「狐步」、「華爾滋」學到「狼巴」、「散巴」、「探戈」，從初級、中級學到高級，共十五課，每課十小時，每小時七元五角的學費，共花了一千零二十五元學費。再加上夜總會一次「謝師宴」花了一百元，正好是他一個暑假的總收入。等到「中級」以後有點周轉不靈時，他本不想再向「高級」進修了。但是基於數種考慮，他還是繼續進修了。其中最基本一項考慮便是：「反正是過不了年了。」他如中途輟學，尚可保持一個柏文。「奶奶的，」桀克把心一橫，「保持個柏文有啥用！」索興和房客交涉，以三百五十元原價「頂」給保羅，出頂之後，每週便轉向新房東付五元房租。

最近桀克已經有一個多月未向保羅交房租了。保羅曾向桀克提過兩次。不是保羅不放心，而是重提前房東的老話。桀克和保羅，同船來美，原為莫逆之交。當桀克頂了這柏文，租一間給保羅住時，收租金甚低，每週五元，但是他說過，「親兄弟，明算賬」，到保羅真周轉不來時，大家到那時也不妨有「通財之義」，這樣方可以中西文化兼顧。

所以保羅並不是向桀克催房租，只是重複一下桀克的舊調罷了。起初桀克總說「下星期，下星期」，最後便乾脆「請老兄暫墊一下」了。「有它做擔保！」桀克說時把膀子一彎，指一指那突起的肌肉。保羅不是猶太商人，也就許久不提「親兄弟」了。

「我也不是猶太商人，」保羅說，「朋友有急，我們本應有通財之義，但是他把錢跳舞跳掉了，我不能拿血汗錢來幫助他跳舞，荒唐！」

「B——O——Y！」小廝說，「桀克學跳舞，竟然學掉三根大條子！」小廝說著直是搖頭。

「可不是荒唐?!」保羅說，「花一條驢一小時去學跳舞！」

最初我聽他二人的對話有點茫然，什麼「大條」，什麼「一條」，等到他二人向我詳細解釋我才恍然大悟。小廝的意思是三根十兩重的「大」金「條」。美國官價黃金是三十六元一兩，三百六十元一「大條」。桀克的學費共用了三「大條」。小廝是十里洋場長大的，所以說起話來用的是「金本位」。

保羅便不然了。他的故鄉是以出產驢子出名的。戰前的驢價約二十元一頭。那時法幣和美鈔的兌換率是三比一，所以桀克付七元五角美鈔一小時，約合老法幣二十二元五角，正是一頭毛驢的價格，所以保羅用的是「驢子本位」的！

小廝和我自保羅處快辭出時，小廝主張我二人也不妨各懷美金一元，到桀克的學校去「試舞」一次。他自知沒有桀克那種英雄氣魄的，別說學三十小時，就是一小時小廝也是不幹的。但是他想去一「試」的目的，是看看在安妮教師指導之下，我二人究竟有沒有跳舞的「本能」，是不是「可跳之材」。

「你也要去上那洋妞兒的當嗎？」保羅聽小廝的話，簡直大為吃驚。

「我們只是去試一試，」小廝說，「按他廣告規定，只試一小時。」

「千萬別去！」保羅急得張大了眼睛，「試一下你就跑不掉！」

「怎麼會跑不掉，哼！」小廝說著把鼻子一翹。

「桀克說的，」保羅說，「在那種形勢下，你要不學，便是替民族丟人，他說他不但是花錢學跳舞，同時也兼辦國民外交呢！」

「……」小廝只把鼻子皺一下，並未開腔。

小廝自知是十里洋場長大的。安妮那一套只能欺侮「鄉下人」或「江北豬玀」。據小廝後來告訴我說，如果在上海，他也絕不敢去「試」，因為上海舞場都有幫會支持，你如少他們銅鈿，你就有被丟下黃浦江的危險。美國是民主國家，有堂堂廣告為證，「哼，他們敢怎樣我們？」

但是在當時小廝並未對保羅解釋，只是皺鼻子，因為他認為對保羅那樣「土佬兒」解釋也是無用的。他只一味央求我一道去「試試」。可是我也和保羅一樣，認為那樣「國民外交」不大好辦，還是不去好。

「難道你也怕安妮把你捉住？」小廝問我，他又加一句說，「桀克一個人跑不掉，我們有兩個人，人多勢大，跳過了，我二人商議一陣，然後告訴她說，我們考慮考慮再打電話給她，把兩元向她桌上一丟，還不就大搖大擺走了？」

我的考慮可和小廝兩樣。我想，根據保羅的情報，他們底教授法本是「一對一」的。萬一她們來了兩個安妮，把我和小廝帶到兩個教室分別授課，那我二人不就成了人不多、勢不大了嗎？一個人何從「商議」？萬一逃不掉，那不是呼天不應了嗎？

再者小廝是學煉鋼的。韓戰打起來了，美國失業問題解決，小廝已經找到了一個畫圖的工作，上次我去看他，他門口的女秘書已經問我是不是找那位「中國工程師」了。萬一他真的辦起「國民外交」來，至少他還辦得起。我要臨陣潛逃，豈不替「民族丟人」。所以小廝問我時，我不加考慮的拒絕了，並說明我的理由。小廝還說，他們事前不知我們計畫潛逃，不會把我二人分別授課的。

「絕不會的，絕不會的！」小廝還在嚷。他顯然對我以前的勇敢和現在的怯懦大感失望。

「會的！會的！」我說。因為小廝和我身材相差太多了。他們如選一個適合小廝的矮安妮來，對我這位大個子就無法教授了；如果他們選了一個適合我的高安妮來，則小廝只能在她下面，做胯下之舞了。那種有經驗的學校一定會選出一高一矮兩位教師來，對我二人分別教授。

小廝聽我分析有理，也就不再辯了。

我二人懊喪地辭出之後，小廝隨我一同回到我底公寓房間。他雖然不抽菸，卻向我要了一支菸，坐在沙發上大抽起來，一面咳嗽，一面擦眼淚。我叫他不要抽了，免得浪費物力。小廝還要抽，他的理由是「解解悶」。

「這一生是學不會了……學……不會了……」小廝不由得歎口氣，和我相對黯然……

一天傍晚，我正在「落日軒」做晚餐，忽聽隔壁有人從樓梯上來，腳步走得似乎很有節奏，嘴裏還唧咕地唸唸有詞。我未即凝視，已見小廝含笑地走了進來。他一見我便說：「找到了，找到了！」不用問自然知道他「找到了什麼」。

未待我發言，小廝便向我說一聲「瞧！」，他兩腳便在我廚房地板上跳起來了。嘴裏不斷地唸著「蓬拆拆，蓬拆拆……」，他底瀟灑的舞姿可一下便把我嚇著了。我拉了一張椅子坐下，靜觀其表演。三日不見，想不到小廝也變成桀克了。這不是跳舞是什麼呢？我心頭暗地稱羨。

小廝表演了約十分鐘，便開始對我解釋了。他說這叫做「華爾滋」，用的是四分之三拍的音樂調子。它底基本步伐是一個平均發展的「一，二，三」，小廝的浦東調英語叫做「文，吐，絲」。他嘴裏不斷的唸出「文吐絲」，腳下自然就跳出「一二三」來了。

「這是華爾滋基本步伐，」小廝說著擦一下頭上的汗，「要『破』起來，可變化莫測呢！」

我睜大眼睛，聽他大談華爾滋經緯。小廝說來頭頭是道，不禁使我懷念起煮紅燒肉的保羅來，想當年桀克「謝師」歸來向保羅大談「西班牙舞」經緯底神情，不想小廝居然能迎頭趕上！

「小廝，」我說，「你終於也狠心一下了。」

「我沒有狠心，」小廝說著連連搖頭。「你以為我去找安妮嗎？我才不送冤枉錢給她呢！我沒有花太多錢，只是一塊半一小時學的，所以我才找你一起學。」

我說，「你『試舞』一次，就能跳得這樣好嗎？」「我沒有『試舞』，我是正式上課堂學的！」小廝奇怪地看著我。

我有點茫然了，想不出道理來。

「學實在很有限，」小廝又補充說明給我聽，「主要的還是自己練習。」

說著小廝便在我廚房「練習」起來了。他嘴裏一面蓬拆、一面還要分點時間解釋，來滿足我的好奇心。小廝說他這次到「落日軒」來找我，電梯都不乘了，因為上樓時在樓梯上還可一面練習呢！

小廝一面說、一面又皺鼻子說，「什麼氣味，什麼氣味……」這一下可提醒了我，因為我灶頭上還有一鍋肘子燒蘿蔔和一鍋白米飯。我忙趕過去，關火，揭開鍋蓋一看，我真要哭出來，青菜已經不見，肘子黑的像煤炭，白米飯也只有中間一小塊是白的。小廝說：「還可以吃。」我二人因而唧唧喳喳地便吃起來了。

小廝在吃飯時才告訴我，他這次總算找到了一所「既高明又不大頭」的跳舞學校。因新學期已開始上課，他來不及通知我便報名入學了。這學校是附設在本市有名的婦女俱樂部內。每班有學生三十到五十人，男女生各半。每課十小時，每小時學費一元五角，由跳舞老師集體教授。小廝選修一門「華爾滋」，只上了兩課，便有如此成績，足見學校不是野雞，他希望我也趕緊去學。

「……」我看看筷子，沒有發言。

因為他一提到學費，便使我想起「金圓券」來。

「天啦，」我心頭暗地一怔，「十五元美鈔，要換多少箱金圓券！」想起金圓券，我便失去做外交家的豪興了。

「我不是要你現在學！現在已開學，學也遲了，」小廝說。他希望將來我和他一起去學「西班牙」。現在這種簡單的社交舞，他學會了，便可立即傳授給我，不必再要我花錢了。

一餐晚飯，我和小廝訂了一個君子協定。他每次下課歸來，到我公寓來教會了我，然後一起練習。既然我二人皆無舞伴可找，我二人則不妨相抱而舞之。「領袖」和「隨員」，「五十對五十」。最初小廝提議之後，又有點懊惱，因為他個子比我小，當我的「隨員」很好，要當我的「領袖」就有點不稱了。

我立刻舉拿破崙和袁世凱為例，證明當領袖的人，不一定要個子大。小廝再不滿意，我又講了一個齊國馬車伕太太告訴她大個子車伕丈夫的故事。她奚落她得意洋洋的丈夫說：「你的主人晏嬰，還沒有五呎高，卻做了齊國Prime Minister。你長得八呎多高，還不是替五呎高的人開車。你神氣啥子呢？

小廝聽了這話，大為高興。他又補充了一些當領袖不必要大個子的證據。據他前天在學校的練習舞會中，便看到一個矮「領袖」領一位又胖又大的「隨員」跳「西班牙」。那領袖的手，根本就摸不著隨員的頭，那如何能叫隨員團團轉呢。誰知這位矮拿破崙卻氣魄非凡，他要他「隨員」轉身時，只把左手高舉做出個希特勒的敬禮姿態，然後右手向那又胖又大的隨員屁股上一拍，隨員滴溜一下就轉過去了；他要她轉回來時，只把左手一招，她颼的下便轉回來了，真是靈活極了。

「當然啦！」我說，「領袖隨員之分是氣魄和福份的關係，豈在個子之大小乎?!」

小廝大笑起來，我們的君子協定也就簽字了。

自此以後，每逢週末小廝總來我處晚餐，餐後便「練舞」。他自然是教師我是學生。最初我們利用收音機裏的音樂，後來小廝居然從他底洋同事中借來唱機和幾張唱片，片上並註明「狐步」、「華爾滋」、「探戈」等字樣。小廝是行家，跳來得心應手。我這個學生時時被教師罵成"stupid"。畢竟嚴師出好徒，我不久居然成為小廝最理想的「舞伴」了。舞罷休息，小廝每每向我歎息說：「可惜我兩人都是男人！」

春去夏來，小廝的初級「狐步」和「華爾滋」終於畢業了。在最後一堂課上，他底教師宣佈說，小廝這一班雖是「初級」，但是挺胸邁步，他們屬於當今社交場上「舞姿最正確大方」的一個階級。小廝也深信老師之言不虛。

在我的不斷鼓勵之下，小廝心一橫，居然選修起「西班牙舞」底「狼巴」來了。狼巴畢竟複雜，小廝「現學」便不能「現教」了。他說他只能當「領袖」不能當「隨員」，這樣要我當長期隨員，未免太不民主了。小廝因而堅持要我入學。他聲稱我如捨不得十五塊美金，他可以借給我，以後我發財了，再分期還本。在小廝死命糾纏之下，我也心一橫從枕頭下面取出十五元來，和小廝一道入學，幸好我脫課不多，還可跟得上。不過小廝唯一的顧慮便是他班上現有二十一位男學生和二十一位女學生，上起課來，領袖隨員正好一配一，我如「插班」，隨員勢將不敷分配。不過小廝又說他班上上課時，教師有時發口令叫「換舞伴」，領袖隨員均非終身伴侶，不妨琵琶別抱，「如果有人抱不到，」小廝說，「那管他幹什麼？」

這樣我居然就「插班」入學了。

跳舞學校的第一課，對我真是終身難忘的。這天天氣有點燥熱，可是我們卻沒有受到熱的騷擾，因為我們的課場便是廿五樓的樓頂，夕陽西下，清風徐來，眼前眾隨員鬢亂裙飛，香味隱約，也確有一番境界。那禿頂教師站在我們相對而立的男女學生之間，對我先講授一番步伐，大家像中學時代上早操一樣，在他口令下舉手做摟抱狀，前進後退個別練習之後，他忽向後快速背進，口中大叫"Take partner!"，我們雙方乃大踏步向前，領袖碰到隨員便攔腰抱住，再聽候號令。

我抱住的是一位濃眉大眼、身高五呎七八吋的大胖子。她對我微微一笑。天啦！就這樣在廿五樓屋頂光天化日之下，摟抱了一位大胖女人。除小廝之外，我還未這樣抱過任何人，心頭感覺有點異樣，順眼瞧一下小廝，他居然抱的也是一位大胖子。小廝的鼻子大概只有她乳房的高度。可是小廝目不斜視，挺胸，豎脖，頗不失其「領袖」應有的風度。

場邊的大鋼琴響了起來，教師叫出「快、快——慢；快、快——慢」的口令，我們便真的跳起來了。我一轉身忽然發現一位男同學雖然也舉手做擁抱狀，卻懷中無物，獨跳其舞，做了一名沒有隨員的流亡領袖。幸好不久教師發出「換舞伴」的口令，結束了他的流亡命運。我也「換」到一位大約十六七歲的小妞。她口嚼香糖，歪著頭扭著屁股的跳，滿不經意，遠沒有第一位大胖子認真學習的態度。她態度很輕鬆，我和她也跳的很合拍。「你是斯丹萊的朋友嗎？」她忽然問我一句。「What?!」我口頭未說出，心頭卻暗暗納罕，什麼「斯丹萊」呢？仔細一想，原來她說的是小廝。我才連忙說「Yes」。

我在計算又該「換舞伴」了。誰知教師卻發出「休息」的口令，原來每堂課中間有十分鐘休息時間。我和我的隨員雖然從擁抱分開，卻仍然牽著手到場邊凳子上坐下。這時小廝忽然丟掉他自己的隨員，跑到我身邊來，拉著我的隨員叫「玫瑰」。原來他二人是老搭檔。我和玫瑰也就熟起來了。

「玫瑰，」我說，「你跳得這樣好，為什還要來學呢？」

玫瑰鼻尖一翹說，「這是我的job。」

「什麼，玫瑰，」我說，「你不是為著學跳舞來的！」我有點不解。

「她們才來學跳舞呢，」玫瑰把手向那兩位坐在對面的中年女同班一指，接著又說：「我還年輕，我又不要找男人，我來學幹嗎？」

我更不了解，我張著嘴，卻未說出一個字。

玫瑰說著把手向那禿頂教官一指，「他們給我五毫……」

「玫瑰呀！」忽然我們身後一個女同學大聲呼喚打斷了玫瑰的話。我回身一看原來是一個十五六歲和玫瑰差不多的女同學在故意打斷她的話。玫瑰把舌頭一伸，正好教師吹起哨子，我們又上課了。

下課之後我和小廝為這小插曲爭辯甚久。小廝說年輕人，縱使不會跳舞，而要來學，她也不承認她是不會跳舞的。「玫瑰的心理，就是如此，就是如此，哼！」小廝說時理直氣壯，他說他把女孩子們的心理都看透了。小廝原是都市上長大的，他說他雖然未談過戀愛，卻看過他哥哥姊姊們談戀愛。所以我也就服輸了。小廝似乎是對的。

兩天之後，我們又上課了。這堂課上的男同學安閒多了，不像上一堂課因為怕當流亡領袖而有人心惶惶的現象，因為我們班上又來了一位女插班同學，正使我們配的雙雙對對一絲不差。

小廝和我都是好學生，認真學習，從未缺課，很快的我們的狼巴課就結業了。我二人在小學時代，都曾考過全班第一名的。現在雖然年紀大了，考不到第一，在這班上至少也是中上等，不比毛子們差。畢業之後，小廝和我聚餐慶祝。我二人在跳舞這門學問上說，也可說已受過「高等教育」了。今後所需，唯在練習。

據校方通知，我們練習的最好的地方還是在校內。因為這所二十五層大廈之內有個大禮堂可容四百人同時起舞。就在這禮堂內，本校每星期一、三兩晚有「練習舞會」，參加的人不分男女，門票一律五角。星期五、六則舉行「正式舞會」，門票每對二元五角，單身男女每人一元五角。因為這兒是婦女協會，每次舞會總歸隨員多於領袖，單身領袖前來，可以任意選擇，如果來了一頭狼，更可以「擇肥而噬」。小廝說這對「兩個都是男人」的我們，簡直再理想不過了。

畢業聚餐之後，我二人充滿信心，就正式預備下海了。「哼！」他領頭，我跟後，小廝繳出五毫門票，回頭向我一笑說，「想不到我二人居然也有今天！」

這跳舞廳果然不凡，當小廝和我隨著男女舞眾魚貫而入時，見那偌大的舞廳已擠得水洩不通。舞樂悠揚之下足足有兩百對舞侶，在舞池內依著「反時鐘」方向團團打轉。多而不雜，擠而不亂，真是洋洋大觀。這舞場中的最大特點，便是女多於男。她們沿壁排坐，靜待領袖們來敦請，音樂一停，男女便各作打算；音樂一響，但見眾女賓個個整襟危坐目光微微向四方打量，看有無男士前來。眾男賓則沿牆邊巡行，眼前綠肥紅瘦，看準了便走向她面前一伸那有領袖權威的右手，那隨員會立刻站起把腰送上來，二人一言不發，既無父母之命，又乏媒妁之言，更不問尊庚多少、仙鄉何處，便摟抱起來。

小廝和我是鄉下人，未見過場面，雖也俱有「領袖」資格，卻不敢隨便招募「隨員」，我二人在一旁觀光，足足坐了一個鐘頭光景，未敢越男女之大防。我二人觀光的感想便是油然而生的不平之心。因為每次音樂響處，那些三圍勻稱、修短適中、臉蛋兒光潤可愛的總是領袖們包圍的對象。有的剛剛坐下，她的身邊已被三面包圍，對面牆角上還有些電光閃閃的藍眼對她盯著呢。音樂一響，各領袖便裏應外合的蜂踴而來，往往三五個領袖同時伸手，我真為她著急。但她總是笑容可掬地把她底腰放進最近的一隻右臂之內，然後向左右分別地說一聲「對不起」或「下一次好嗎？」便隨著人群捲入舞海去了。她底輕鬆大方、溫柔可愛的姿態，足令沒有向她伸手的小廝和我，也如春風拂面，感覺好不安逸。

記得以前有一位年輕貌美的姑娘，真是人見人愛，無人不覺得他是她的真情人。一次她的朋友出了個難題考她一下說：「瑪麗呀，你真是大眾情人。但是如果妳有三位男朋友，同時和妳打橋牌。他們三位同時問妳究竟愛他們三位之中哪一位。妳怎樣回答呢？」

「我呀?!」瑪麗說，「那我就用我的左腳踩著我左邊那朋友的腳，並踢踢他；我右腳踩著右邊男朋友的腳，也踢踢他；然後我就向我對面的舞伴說，約翰呀，若說愛呀，我還是愛妳啦！」

小廝和我一致同意，真是個個美國女孩子都是瑪麗呢。一場橋牌之後，三位寶貝心中都涼涼的，認為瑪麗所真愛的才是他，那兩頭活豬哪知道?!小廝和我有時也切切稱許大頭桀克的卓見，中國女孩子，黃巴巴，瘦扁扁，哪有美國女孩子夠味?!

不過小廝和我卻為瑪麗身邊的另一種人不平。她們往往目光微掃四周，好不容易才有一位男士姍姍而來。我和小廝真可以聽見她心臟的跳動聲，可是等到他走近了，他不是找一個空位子坐下休息，便是向另外一個「隨員」伸手了。可憐她們有的一直坐著像一座土山，有的站著像一根旗桿，長夜漫漫，就是沒有人前來請舞。有時上帝降福，一位手伸來了，那可憐的她，一面跳舞，一面暗笑，把那位領袖真是巴結得上天了，但是音樂一停，二人又姓名不通地分手。坐斷肝腸，他也不再回來了。

小廝和我在一旁觀看，真氣得摩拳擦掌，想去拔刀相助。小廝是中國大都市上來的，又是老美國，現在又做了美國大公司的畫圖員，自稱工程師，他比我的常識豐富多了，據小廝說這種可憐女人，在跳舞場上叫做「牆花」，是一直插在牆邊不動的。美國人口因為男人花天酒地，女人刻苦耐勞，所以女多於男。男人又下賤，很多不願結婚，因而更形成女大不嫁、踏地喚天的恐慌。所以美國女人找丈夫，實在和我們中國留學生找太太有同樣的困難。她們有時為找個丈夫不惜下大本錢，把她自己的積蓄家私拼命地貼接她所想嫁的男人，讓他讀書上進，希望將來可以雙宿雙飛。也有些下賤男人，遊手好閒，專門利用女人這種心理去騙她們。更有些男人就利用女朋友做苦工幫助他去讀醫讀法。一旦他真當了醫生或律師，他就把黃面婆丟了，再去找個三圍合適的。

小廝更告訴我一個最近的例子。他電子討論班上一位同學請他去吃咖啡說：「斯丹萊，今天我可以請你客了，因為我太太昨天剛發過薪。」

小廝和我談了很多美國舊聞，最後我二人又回頭討論我們前來的目的——找女孩子練舞。等我二人真決定執行領袖任務時卻又發現困難重重。第一，我們如果找三圍合適的，那實在不容易。因為找她們，我二人一定要有共產黨抓人的作風才行，要「準，狠，穩」。先找準了目標，音樂一響，狠命衝向前去，左手攔住各路英雄，右手立刻摟著美人穩穩抱住才行。而小廝和我顯然都不夠資格做共產黨。

第二，我二人雖經名師指點過，究竟是初出茅廬。小廝很同意我的話，「咱們初上場，不能那樣窮兇極惡。」再者據小廝說美國夫婦四對之中，至少有一對要離婚，而離婚最大的因素是做丈夫的對做男人的職務不能勝任愉快，不能使對方滿足。小廝和我剛出校，做起領袖來，對那些舞場紅星是否能勝任愉快，滿足對方，殊無把握，所以絕對不能找。

我二人又想退而求其次，去找兩個「牆花」跳跳，不是雙方有益？但我二人討論一番之後又覺不妥。因為人棄我取，給別人看來未免刺目。再者這兒全是碧眼白皮、高大肥碩，唯我二人黃巴巴瘦扁扁，已經是刺目，再摟牆花而跳之，豈不是刺目中之刺目，我二人既無意競選州長，又何必奇裝異服，招搖過市。

最後我二人一致同意要跳，咱倆要找中等舞伴——既不太美、也不太醜的跳。

吾人為學跳舞而跳舞，無人注意，我們便可萬人如海一身藏了。可是問題又來了。小廝提醒，我立刻同意，小廝說：「今天是我二人民權初步。」我們最好第一場只跳狐步，以後場場高陞，我也欣然同意。

再者我二人都不願一人單獨下海。免得如小廝所說的「在洋人前出洋相」。我二人要形影不離，相依為命，以便有所呼應。所以我二人要伸手便要看準兩個舞伴坐在一起，我二人同時大踏步向前一道伸手。可是我高小廝矮，我們一定要找一高一矮才行。同時我二人都慈悲為懷，不願欺侮弱者。我們要找「中等舞伴」，那她二人附近一定要沒有牆花在側。小廝說，「我們東方人在此已受盡歧視，我們不能讓別的弱者們懷疑我們居然也歧視她們。」這本是我們儒家道統，我當然了解。

所以我二人找舞伴程序就這樣決定了。我們要：一，狐步音樂；二，兩個「隨員」坐在一起，旁無牆花；三，她二人要不太醜、也不太美；四，她二人要一高一矮。

我二人要動腳，這四個條件，缺一不可。因此我二人分工合作。音樂一響，四耳同聽，如果是狐步音樂，我向左，他向右，四隻眼像四架探照燈向舞場繞射一周，尋覓我們所要的條件。有一次，四項條件俱備，只是我和小廝關於「美」和「醜」的標準不同，稍一爭執而機會錯過。

又有一次絕好機會，條件全合，而我誤把狐步音樂聽成了探戈，鑄成大錯。小廝幾幾乎因為我這一過失而斷絕友誼。還有幾次，我二人正預備舉步，而動作遲緩，被人佔先。最可惜一次是我二人已伸出手來，對方也都站起，不幸我不知黃雀在後，一位大毛膀子自我身後伸手把她劫了過去。小廝眼看我的不幸，也不知不覺地把手縮回來了。

可是我二人並未因此氣餒。當門頭時鐘已指向午夜十二點時，我以肘子碰碰小廝說，「小廝，怎樣了？」

小廝咬咬嘴唇說，「不下桌子不算輸。」

我二人又等了半個鐘頭，這一次「準，狠，穩」三面俱到。果然對方站起，誰知我身不由己一下就被捲入舞潮。我因動作稍緩，立刻和小廝失去聯絡，他因個子小，茫茫人海之中，我再也找不到他了。這時我因忙於應付，無法細尋，也是真的。當我心中正在默念「慢——慢——快快——慢」之時，忽然聽到前面人叢中，一個女子聲音大叫「哦，哦，哦……」，在大眾循序前進之中，忽然有兩個停住不動了，像週末公路上拋了錨的汽車。

我定睛一看，原來是小廝的一對。可是我也只能守望，不能相助，只見她左手按著小廝的肩膀，右手握著她自己的左腳尖。口中還在不斷的「嗦……嗦……」，但她仍然面帶微笑，似乎對小廝所說的不斷的"sorry"未加評語。

其他的舞侶團轉而過，似乎未看見這架破車一樣，但也有頗顯出善意的微笑的。可是我的「隨員」暗暗地對我說：「你的朋友踩傷我朋友的腳了！」我還不知如何回答，她又問我說：「你以前也跳過舞嗎？」我說：「我的朋友和我都還在學跳舞。」「哦——我說呢——」她微微一笑，便鬆了手去安慰她底朋友去了。我也就跟著她走到我朋友的身邊。

小廝對我苦笑一下，搖搖頭……（雜誌停刊連載中斷）

原載紐約《海外論壇》第三卷第一至十期，一九六二年一至十月

求婚

子靜

「……博士學位，生活有保障，愛情認真，親戚關係……」尼古拉扳一扳他底手指，又揉一揉他那疲憊的眼睛慢吞吞地問我：「你說我此外還有什麼優點呢？」

「……」我沒有回答。

「我的缺點是……」他又數一數手指，「身材矮小，不會跳舞、不會玩……」

「……」我仍然沒有回答，一則因為他本是自言自語，二則因為我也不知道如何回答，同時也因為這一問題我們已討論過不知多少次了，現在夜深了，我們也都疲倦了。

「你不會說我無聊吧？」他又疲乏地注視著我，「我把接吻也放在我的『計畫書』內。」說著他又翻了翻他的「求婚計畫書」。

尼古拉是我的總角之交，是我既敬且畏的益友。我們雖籍貫各異，但我們卻原是小學同學，他是那時我們童子軍團內的糾察隊長。一次我在露營時犯了規，他罰我「立正」後，還問我是不是「三民主義的少年兵」。

其後他由小學而中學而大學而留歐而留美，一帆風順，真是步步青雲。「尼古拉」一名就是他留歐時起的，現在還一直沿用著。為著見賢思齊，在求學進度上我一直在後面追趕他，可是距離卻愈追愈遠；但我對他的景慕之忱，正因愈遠而愈篤。這次從臺灣來美以後，他鄉遇故知，他對我的指導，自更不在話下。別的不說，就是我現在所住的「柏文」也是他介紹的，我住的房間就在他底隔壁。他知道我原非芳鄰，但是他也知道只有我才能尊重他房內牆上琳琅滿目的格言，如什麼「至親好友，概不清談」，什麼「很忙，很忙！」，什麼「論文第一，生命第二」……而不去敲門打擾。所以我們雖同住年餘，但卻未曾談過十分鐘以上的閒話。

可是近來他忽然同我攀談起來，並且一談就是三五小時，往往談到深更半夜他還不「告辭」。原來最近他底古井無波的生活上，忽然興起了狂瀾——他在準備求婚！

尼古拉的博士論文，今年春初就已在寫「結論」了。學成在即，這在他底「計畫人生」內，另一件人生大事自應即時未雨綢繆。就在他這蠢蠢思動之時，真是無巧不成書，在復活節左右，他忽接到一封從「自由中國」發來的信。

這信是尼古拉的一位「表姨母」寫的。這表姨母一向就歡喜尼古拉，尼古拉在幼稚園時表姨母就說他「像大人」。在這封信內表姨母說她有個「小女茉莉」去歲得了個教會獎學金來美，現在中部某大學讀本科。因為她「年幼無知」，希望尼古拉「多加照拂」，另外還附一封「母諭」請尼古拉轉給茉莉。

就這樣尼古拉和茉莉便通起信來；也就從這時起，尼古拉對我才三顧茅廬起來。他說三個臭皮匠，抵個諸葛亮，所以每次寫信前後，尼古拉都要同我討論很久。由於對方反應的好，於是尼古拉的信乃由「茉莉表妹惠鑒」進展到「茉莉表妹」、「茉莉」、「莉」、「親愛的莉」……發展很順利。由於尼古拉的特許，我也跟著一封封地拜讀。

尼古拉的情書寫的很工整。每封信都和他底論文一樣，改了又改，並另加「註腳」，最多一次曾至「註二十七」。

尼古拉告訴我茉莉原出生於上海。他在十年前曾見過茉莉的，不過那時她還不過只是個打了兩條小辮子的「無軌電車」；女大十八變，現在就不知道怎樣了。不過由她秀麗的字跡、溫柔的口吻來推測，尼古拉和我都斷定她是個美麗甜蜜的「小鳥」。

但是不論怎樣現在都已到了「揭幕」的時候了。因為在最近的通信內由於尼古拉的邀請、母親的特許、監護人的批准，茉莉要來紐約度暑假。在這一項計畫決定之後，那一刻千金的尼古拉這時也不得不放下書本來應付這一個行將到來的考驗。茉莉的信說她將於美國國慶日下午三時十七分抵紐約公共汽車站。

為著應付這一剎那的到來，尼古拉開始籌備。第一件大事當然是房子問題。恰好我們房東老太太準備出去避暑。尼古拉因而租下了這整個「柏文」，房東小姐的房，自然就是茉莉住的了。當尼古拉在長途電話內告訴了茉莉這一消息時，她高興得直跳起來。同時更經過一個禮拜的緊急計畫，尼古拉又完成一本長逾一百頁用打字機打成的「求婚計畫書」。按照博士論文的寫作方式，這「計畫書」也以編年體分成三章。第一章是「光榮孤立階段」，這一階段歷時十個星期，在這十個星期內，茉莉的一切行動要與外界「絕對隔離」，以免被誘惑。第二章是「半公開社交活動階段」，在這階段內惟有有婦之夫或有夫之婦才能往還。第三章是「公開社交活動階段」，這一階段是被列在感恩節結婚儀式之後。在那時夫唱妻和，他們便可加入「已婚社團」了。

這「計畫書」在尼古拉敦請下，我也隨便看了一下。一百多天的計畫是按日排列的，例如：「第一天，七，四，三，十七午後。紐約車站見茉莉。第一句話用『歡喜看見你』（註：比用「好不好」一詞文雅親切。）……拉她左臂下車……」

其後每天遊歷日程皆詳細排定，從摩天大樓到海底隧道；從李鴻章的槐樹到蔣宋美齡所贈熊貓的參觀程序，一應俱全。至於第一週週末的初吻、第二週的再吻……更是有條不紊。第十吻後的計畫是「同赴五馬路首飾店選擇戒指」。

書末並附有「審查表」，從頭髮、口唇、皮膚……到個性、嗜好、讀書興趣等都根據各種醫學、心理、美容等書籍雜誌編成，計有分數：如眉毛五分，皮膚十七分點五，活潑程度五分，讀書興趣十三分點五等詳細計算，總分是一四七點五分。

「你想！舊式婚姻也有好處，」尼古拉歎了口氣，「這些麻煩，就可免除了。」這天晚間正是百日大計實行的前夕。尼古拉真是如臨深淵，同我談了又談。

「唉！」他又歎了口氣，同時把初吻二字指給我看說：「誰又情願做這種無聊的事呢？但是新式婚姻不這樣又怎行呢？……有用的時光都給浪費了……」尼古拉自言自語一次，又歎了口氣，起身告辭了。

時至半夜我一覺醒來，發現起居室仍有燈光，顯然尼古拉還未睡。我走去一看，原來他還在對他底「計畫書」做最後一次的審核。我看第一頁就改了數處，如拉「左」臂，改成拉「右」臂了。尼古拉說茉莉下車時最好是拉右臂，說著他又站起來為我解釋車門的部位，拉右臂實是必然的形勢。

回床睡下默想，我真為尼古拉治學如切如磋的精神和做事認真的態度所感動。我恨我自己做了一生的「差不多先生」。

我翌日早晨起床時尼古拉已不知去向了。晚間仍未回來，直至我又已熄燈就寢了，才聽到門響，接著便是兩個人的腳步聲，我知道茉莉也已來了。

「唉！這樣漂亮的房子呀！」我聽出是一個少女驚歎的聲音，柔和清脆，她說的一口毫無中國口音的純粹英語。「噓……噓……」我聽的尼古拉在吹手指，大概他以為我已睡了，要她不要大聲說話。

「哼，一個美麗的女孩子把他吵醒了，我想他會感覺到光榮呢……」她邊說邊笑，我聽了不禁暗暗發笑。「噓……噓……」我聽尼古拉又在吹手指。「哦，這樣好的鋼琴！」我聽他們走到起居室，她又在歎賞我們的鋼琴。接著我又聽到鋼琴丁東的響了幾下，其後我就不知不覺地睡著了。

第二天我起床時，我看另外兩間房門緊閉，他們還未起床。等到晚間我自校內回來就寢時，他們還出遊未歸，一連幾天，我都未見到他們。一天晚間我們在電梯前碰見了，尼古拉替我介紹一下。

茉莉是中等身材，兩顆圓圓亮亮的眼睛，長長的睫毛，配著小小的口唇，長在一個橢圓潔白的臉上，看來像一個大號的洋囝囝。她似乎很沉靜，有著東方少女特有的羞澀和溫柔。但是她黛綠色的西式服飾，配著兩顆閃光的寶石耳環，襯出一個豐滿而纖巧的軀體，鬢鴉晚霞，顯得十分調和美觀。

我們在互道「好不好」之後，拉一拉手，我就乘電梯下樓去了。此後我們因作息時間不同，所以也很少見面。

在茉莉蒞紐後，第二個禮拜五的晚間，我自校內回來時，一開門，我被愣了半晌。原來我們住的老氣橫秋的「柏文」這天忽然被打掃得煥然一新。

廚房內尤其使我大吃一驚，那一向滿屋塵垢的冰箱，今日忽然容光煥發；久已退休了的洗衣機，今天似乎也被強迫勞動甚久，滿身汗水；一抬頭，我更急得喘不過氣來，原來那曬衣桿上竟然掛滿了新洗的衣服。我的幾雙無底的破襪子和開滿了窗子的背心也神氣十足地被掛在上面。糟糕！我忙跑回自己房間，一至門口我不禁又呆住了，我的門上顯出三個大字跡「三家村」。顯然是粉筆寫的後來又擦去的。一進門，我不禁惶愧莫名。原來我這間雜貨店似的居房，被整理得像個官舍。被褥枕頭放的整整齊齊，床下的破襪子全部失蹤了，幾雙破皮鞋也靠攏看齊了，衣櫥內掛的衣服長短排列有序，桌上的書籍文具更是有條不紊，那向不歸隊的十來支小鉛筆也集合到一個罐頭筒子內，失蹤了許久的指甲剪，也懶洋洋睡在桌上。我在房內呆了許久，心頭充滿了惶愧和懊悔，我恨我以前為什麼自己不這樣整理一下呢？我想等茉莉回來重重謝她一番。可是一直到深夜還未見他們回來，我也就睡了。

我不知道睡了多久，忽然被一隻手輕輕地搖醒，睜眼一看不是旁人正是尼古拉。我們好像久別重逢，我連忙坐起，一面感謝茉莉的服務，一面賀賀尼古拉，因為按「計畫」他已超過「初吻」的階段了。

「你們預備幾時訂婚？」我問。

「啊——」尼古拉感歎一下，「一切都沒有按照計畫實行……」

「……」我也沉默半晌。

「她要我告訴你，」尼古拉說，「她明天請你吃晚飯，要我告訴你明天早點回來，我怕你明天一早就走了，所以我來把你吵醒。」

「大家自己人，又何必呢！」我說。

「不，」尼古拉說，「她說你板起臉孔，像個老祖父，她要請你，並把你起個綽號……」

「叫什麼？」我笑著問。

「她叫你學究，」尼古拉說，「你看她把你門上寫了『三家村』三個字，還是我把它拭去的。」我聽了不禁笑了起來。尼古拉又揉一揉睡眼說：「明天下午六點鐘，你就早點回來，我也想吃吃她燒的菜……」說著他就反手關了門出去了。

禮拜六下午五時三十分，我是如約回來了。一進門我就聞著菜香。尼古拉一聽門響，立刻從廚房內迎了出來。他圍著個女用圍裙，滿額角的汗，頭髮蓬鬆，兩手全是油。看到我，尼古拉忙阻止了我的前進，把我堵入我自己房中說：「她要你六點鐘再去，她要驚奇你一下。現在餐室和廚房的門都關著。六點鐘我來叫你，你再去。」我只好唯唯聽命。尼古拉又回廚房工作去了。

時鐘剛指六點，尼古拉果然來了說，「請吧！」說著他自己也微笑搖搖頭。我和尼古拉一道推門走入廚房。

「他來了！」尼古拉大聲的說，我也跟著招呼茉莉。

這時茉莉正在忙。她穿著平底鞋、工人褲、短袖白綢襯衣。頭髮拴向後面像條小掃帚。紅紅的臉上，滿是汗珠。看到我她笑著說，「不恭呀，請餐廳坐……腰花要現炒現吃。」說著她又繼續炒。

我推開餐室的門。呀！我不禁叫起來。我不相信我已住了一年多的「柏文」內竟有這樣一間餐廳。那鋪有潔白檯布的桌子上。放了兩瓶鮮花，還配著三支閃閃的蠟燭。桌上共有八九樣菜之多，中間一盤烤全鴨，鴨嘴還銜個葡萄。其他的菜全是中式燒法、西式佈置，菜上都放有各種不同的小樹葉，配得十分好看。三副簇新的銀刀叉和牙筷，與三個漂亮的高腳玻璃杯，相映成趣。最令我詫異的是桌邊茶几上還有個大玻璃盆，盆內的碎冰正冰著一大瓶「香檳」。四壁淡綠色的牆上掛了幾個石膏雕像，襯出新的窗帘自成一格，看來舒暢無比。屋角一架全新的搖頭風扇，把室內吹得清風習習，暑氣全消，好一個賞心悅目的所在。這一下可真把我這位「三家村」裏的「學究」「驚奇」住了！茉莉在廚房內大聲吩咐尼古拉斟酒添湯，忙得不亦樂乎。可是我堅持要茉莉一道來才舉箸，最後她來了，拿了一小杯雞湯，斜坐在桌子的一邊慢慢的喝，也不吃東西。卻要尼古拉替我裝飯撿菜。我看著他倆小兩口兒的樣兒，羨慕尼古拉豔福不淺。

我一則因菜確是好吃，再則也因為討好主人，於是認真地大吃大喝起來，我當然更讚不絕口，每撿一箸，我就要說一聲「真好吃」。

「哪裏好呀，」茉莉慚愧地說，「母親說我樣樣都有點天才——彈鋼琴呀、唱歌呀、畫國畫呀、跳舞呀、做新詩、刺繡，樣樣都還過得去——就是不會燒菜。」

「你還會彈鋼琴、畫國畫、做新詩，真多才多藝！」我不禁讚賞不止。

「哪裏！」她微微一笑。

「茉莉真——能——幹！……」尼古拉忽然放下筷子，轉過身子來，拍拍茉莉的肩膀。我們三人都笑了。

飯後，她又告訴尼古拉說，「碟子以後再洗，吃了飯，大家談談，好消化。」根據尼古拉的「計畫書」，我知道他們每天晚飯後的「計畫」是「到公園散步，討論當天時事」的。所以我提議說：「你們是不是要到公園內去走走呢？」未待茉莉回話，尼古拉便連忙搖頭說：「不去了，不去了。」於是我們都到起居室沙發上坐下，茉莉則坐在地毯上。

「對不起你呀，」她忽然望著我說，「前天未打招呼便替你丟掉兩雙襪子。」這使我忽然想起來，我說：「茉莉，忘記謝謝你了，你替我洗了那許多衣服。不過那樣清潔漂亮的襪子，丟掉太可惜了。」

她笑了，但是卻說：「對不起呀！」

「老學究恕你無罪！」我同她再開句笑話。

「鬼——東——西，」她笑起來，「學究，你歡喜不歡喜看小說？」

我記得自那時起，她就不再叫我「密斯特」了。我這個「學究」的渾名以後一直被她叫得親親暱暱。日子久了，連尼古拉也叫起我「學究」來。

這時我告訴她說我不歡喜看小說。而她說她自己卻是「小說迷」。《紅樓夢》看過六遍，此外她所歡喜的小說有《鬼戀》、《塔裏的女人》、《飄》、《星星，月亮，太陽》等名著。

這一晚我們請求這位博學多才的小說家茉莉替我們講小說。因為我們聽的很用功，所以她愈說愈起勁；又因為我和尼古拉對這些「言情小說」茫無所知，茉莉對我們這兩個「木流牛馬」（她送給我和尼古拉的共同渾號）感到萬分「痛心失望」。

她一直對我們講到深夜，最後她說明天再繼續講，我們才各自分散。夜半尼古拉悄悄地來問我對茉莉的印象。我說一四七分半。據他說她只有一四二分半。我問他為什麼，他說她「太」活潑了，他給她倒扣了五分。

我問他「計畫」一共實行了多少。尼古拉說一項也未實行。我問他究竟癥結何在呢？他說大概還是他的那些「老缺點」未能完全克服。尼古拉不禁長歎一聲說，「你在場的時候她還客氣，你不知道她避著人卻時常罵我不學無術……看幾部小說就算學問？……」

「但是你在追求她，你就順應她呀！」我說。

尼古拉似深深受了我這句話的感動，他反覆地默誦這句話之後，因而下定決心，開始看小說以便和茉莉應對如流。關於小說，尼古拉生平只看過半部《西遊記》。那是十年前在故鄉岳麓醫院害傷寒的時候，枕邊一本《解析幾何》被醫生沒收了，護士小姐給他一本《西遊記》。但是只看了半部，病就好了。這次為著求婚，尼古拉決定再看小說。看書，尼古拉自認有信心。那極度艱深的《相對論》還難不了他，何況茉莉的幾部小說。

第二天尼古拉果然找來了十餘部小說，每夜當茉莉就寢以後，尼古拉便燈火通明的開起夜車來。茉莉看過六遍的《紅樓夢》自然是第一個「研究的對象」。尼古拉讀書素來認真，因而在閱讀之外並做好「問答題」。他說等他看完了這書，將來可以把「筆記」借給我，那末我就可以「不必看原著」了。

尼古拉並一再囑咐我，不可「洩露機密」。他說他要讓茉莉「蹲在鼓裏面」。茉莉因為情報不靈，果然每晚仍要向我們這兩個「木流牛馬」講故事。尼古拉已事先向我吩咐，要我幫助他「誘敵深入」，所以每次當茉莉「講故事」的時候，我們總把話題引向《紅樓夢》。可憐的茉莉，不知是計，一次她說得高興了，一舉手她說：「賈寶玉一看手錶，已是卯正一刻！」這一下，尼古拉忽然把兩眼一睜立刻反駁說：「他看的是掛錶，不是手錶！」茉莉不服，尼古拉堅持要「翻書」。茉莉窘了，說手錶和掛錶都是物理書上所說的「時計」，並無區別。尼古拉說他是學這行的，這可騙不了他，手錶和掛錶的構造、金屬、作用等完全不同。茉莉急了，漲紅了臉，眼睛裏大水已到龍王廟，我知大勢不好，忙向尼古拉使眼色，誰知給聰明的茉莉看破了。她站起來滿含眼淚的說：「你倆狼狽為奸，我要上樓乘涼去了……」說著她站起來，走向門外。不容分說我同尼古拉立刻跟了出去。

「上到哪兒去，茉莉！」我急忙問她。她說她要上「屋頂」去。說著她已走上樓梯，我們跟在後面，幾個彎子一轉，她推開一扇鐵門，一陣清風，滿天月色，果然我們都已上了「屋頂」！面對月光，我不禁用雙手把頭一抱，「天呀！」我心裏在想，「在這兒住了一年多，還不知道有條路可以上屋頂！」

茉莉在屋頂上走了一圈，忽然站住，兩手半舉，面向月亮，口中念念有詞，我隱約聽見她念的是：

我向他皺著眉頭，但是他仍然愛我。

我給予他的是厭惡，他還給我的是憐憫！

啊，亥侖娜，是他癡情，不是我無情……

我說：「茉莉，你在背誦英文？」

「不，我在演戲，」她說，「這是莎士比亞《仲夏夜之夢》裏的一節！」

接著她又告訴我們她在學校裏，晚間時常和同室的美國同學聯合起來「演戲」。她們都不化裝，就在臥室裏彼此演著好玩。可惜她讀的是女校，女演男，很不夠勁。今晚我們有二男一女，這樣好的月光，何妨大家也來演一幕戲。在她的堅持之下，乃由茉莉自編、自導、自演，她做主角，我們做配角，我們就真的演起戲來了。她的戲名叫《小姐愛啞吧》。

時間：某春天早晨。

地點：小姐後花園。

人物：小姐（茉莉飾）、啞吧（尼古拉飾）、老家人（學究飾）。

幕啟：（小姐在看花，老家人在除草，啞吧蹲在花叢之後）。

小姐：這玫瑰多麼美麗，這朝陽多麼溫暖，呀！百靈鳥兒你得小心點兒，別把這花上的露珠兒踏碎了……。

老家人：小姐，您早！天氣還涼呢，別著了寒氣。

小姐：（驚慌，手指向花叢後面）老家人，老家人，那花後面是什麼東西？哦，快去看，快去看。

老家人：（走向花後看見了啞吧）哦，是你，啞吧，可把我的小姐驚壞了，走（扭啞吧的耳朵，拖向小姐），你給我向小姐叩頭（啞吧跪下）。

小姐：哦，是你，可憐的啞吧，你餓了嗎？

啞吧：啊……啊……（用手指嘴）。

小姐：老家人，你太欺侮他了，替我滾出去！（老家人退）啊，可憐的孩子（兩手托啞吧腮，吻啞吧前額），你多麼可憐，老家人太可惡了，可是，我愛你（再吻啞吧前額，啞吧跪抱小姐腿）……。

戲演至此，照「導演」的原指示是「幕徐徐下」。這時出場了的「老家人」忽然不聽指示說：「啞吧，我家小姐愛你，還不起來，和小姐接吻！」「啞吧」聞言，立刻站了起來，兩手摟住「小姐」認真的「吻」了起來，吻得起勁之至。這時飾「小姐」

的茉莉被引得大笑起來，笑得全身癱瘓，合不攏嘴來，倒在尼古拉懷內，但是這啞吧尼古拉一笑也不笑，只顧在茉莉頭上、髮上、耳上、眼上、鼻上、牙齒上，亂「吻」了一陣，茉莉笑得眼淚都下來了。我們的「戲」就這樣的結束了。

夜半之後，尼古拉坐在我的床邊說今晚的戲，「計畫書」上雖然沒有，但是倒很成功，以後應該多演才好，現在算是超過「初吻」的階段了。這「計畫」實行起來雖然很慢，但是「進度」是有的，前途很是樂觀。接著他又把麻省母校替他接洽的一個七千五百元一年、某大工廠的合同拿給我看說，等他在紐約實驗做完了，回到母校通過了「口試」，就可帶茉莉一道到工作地點去了。

自那次我們「演戲」之後，我看尼古拉精神日益愉快，他們每天仍然晚出晚歸，我很不易碰見他們。一個深夜，尼古拉又到我臥室來了，面有愁容，我知道必有大事發生。果然尼古拉告訴我說他的「光榮孤立」的政策已完全破產了。我問其所以然，尼古拉歎息的說：「教會啊，吃人的教會！」

原來，茉莉是個虔誠的教徒，她每禮拜必須進教堂。尼古拉知道一進教堂，便不能「孤立」了。所以每禮拜尼古拉總是僱了的士車，帶茉莉到下城極偏僻的教堂去禮拜，不意近來茉莉忽然在附近發現了一所教堂。她為著要「早晨多睡一小時，又可省車錢」，堅持要捨遠求近。尼古拉不得已遵從了。誰知他們第一次進這教堂，問題就發生了：茉莉在這兒發現了來自臺灣的一批「教友」，這批瑪麗、立來、保羅……她都「神交」已久，今日一見如故，當天他們就約茉莉去某處參加祈禱晚會。尼古拉不得已，只好跟著去了，誰知這一去花樣就多了。他們有個根據地，每週、甚至每晚都有其祈禱、跳舞、討論、講道等不同的集會。茉莉每次必被邀請。

在這些集會裏，尼古拉雖也被邀請，但是他發現自己是「驢入羊群」了。最尷尬的是尼古拉不諳宗教儀式，有時人家都跪下了，他還直挺挺的站著；有時人家起來了，尼古拉還跪拜在地。尼古拉雖然也學會了在胸前劃「十」字，但是時機極難掌握，劃早了，難免過分虔誠，劃遲了，又形同「補課」。

還有使尼古拉聽不進去的便是「講道」了。「三位一體」的理論，尼古拉聽不懂；關於「耶穌復活」的故事尼古拉是聽懂了。講道的人說：「這次復活是有科學根據的，因為耶穌的屍體不見了，不是復活了是哪兒去了？有人說，是耶穌門徒偷去了。但是耶穌的屍體是由猶太兵守著的，如何偷得了呢？有人說，是猶太兵睡著了。但是一個猶太兵睡著了，難道所有的猶太兵都睡著了？這是不可能的事！耶穌的屍體哪兒去了呢？當然是復活了，這是最合邏輯的科學根據！」

這些話尼古拉說他不能被說服，但是茉莉跪在地下，尼古拉只好跪下，在胸前劃個「十」字。

可是尼古拉畢竟是位有造詣的科學家，有時他性急了，便和茉莉辯論起來。一天下午我又發現他兩人在起居室吵起來。茉莉坐在沙發上，尼古拉站在面前大談其愛因斯坦的「不斷膨脹」的「宇宙論」。茉茉紅著臉，不斷地用手拍沙發嚷著說：「我不聽，我不聽……你是魔鬼……你不懂，你不懂……」尼古拉還要說，茉莉便用雙手掩住耳朵，連吵帶叫說：「啊——我的上帝——啊——我的上帝——……」這一次顯然是茉莉說錯了題目，看樣子是站在下風。

「你說耶穌在水上走路，你看見沒有？」尼古拉說得振振有辭。「你只有看見的才相信？」茉莉說，「但是你看見耶穌不在水上走路沒有？」她說得急燥之至。

我在一旁看得出神，覺得很好玩，所以我也插一句說，茉莉，不要辯論了，我講一故事你聽：

「一個意大利人向一個中國人誇口說，他們在意大利的羅馬廢墟裏，挖出了電線桿子，那證明，兩千年前，意大利人就知道用有線電報了。那中國人說我們中國更進步，因為我們在殷商廢墟裏沒有挖出電線桿子，那證明三千年前，我們中國人就會用無線電報了。」

茉莉聽了不禁破顏一笑，但是立刻眼就紅了，忙站起來用雙手掩了臉，嗚的一聲，連哭連說：「你兩個魔鬼，聯合起來欺侮我。」說著她跑進臥室，伏在床哭了起來。尼古拉和我著了慌，忙跟了進去安慰她不要哭，誰知愈勸愈糟。不得已我們只好默默地在床邊坐下，緩緩地自言自語，我們兩人也大談其「有神論」來。我們說，宇宙這樣完滿、這樣複雜，茉莉這樣美麗……不是上帝如何能造得出來？科學也是上帝製造的，科學家誰不信上帝，發明電報的馬可尼就是最虔誠的天主教徒，尼古拉的老師愛因斯坦就是有神論者。我們說了許久，茉莉才唧唧咕咕的答語說她最佩服愛因斯坦，他根本就相信神的。我和尼古拉又說了更多的旁證證明愛因斯坦相信神，她才漸漸好了。揉著眼睛到廚房去替我們燒晚飯了。

自此以後，尼古拉和我再也不敢說「魔鬼的論調」了。同時尼古拉又借來了一些宗教哲學的書籍，又開起夜車來，一部全新的《新舊約全書》，被他用紅藍鉛筆畫得體無完膚。準備有素，因而以後茉莉一提到她的教堂，我們都異口同聲的說她的教堂是「真教堂」、其他的教堂都只是「社交俱樂部」一類茉莉所認為的「真理」。我們並且說我們也準備受洗，茉莉說她一定給我們祈禱，並且要我們先從「科學研究」入手，不可憑感情用事，我們也說她底信仰是最科學的。

茉莉更有一批常來拜訪的小教友，她（他）們也時常向我們解釋「宇宙為什麼這樣有秩序」？根據尼古拉的「筆記」，我們也說天下事凡果必有因，上帝便是「一切因之總因」，所以宇宙是上帝造的。但是上帝不是無因之果了嗎？不然，因為上帝是由「無」生「有」，無極生太極，玄而又玄，眾妙之門，愛因斯坦也不知道這個「門」開在何處，何況我們！他們也認為尼古拉的思想已漸漸搞通，不過還不能和上帝「直接」談話，所以還要繼續研究，不斷祈禱！但是尼古拉卻偷偷地告訴我說，這些小寶寶都未真正讀過《聖經》。他們之中只有一個他們認為是「權威」的、研究哲學的、名叫馬太的「老大哥」似乎讀過《新約》。

茉莉最佩服馬太，馬太也當仁不讓，時時來訪，茉莉介紹他向尼古拉講道理。有時馬太來了，茉莉恰好外出，我便聽到他兩人的激烈辯論。一天晚間，我聽他兩人在客室吵起來了，尼古拉大聲的說：「馬太，你是個『約拿的葫蘆』！」馬太紅了臉，兩人幾乎動起武來。我趕忙跑出去把馬太請入了我的臥房。

原來當馬太以茉莉的「老大哥」的身份向尼古拉說教時，尼古拉則以茉莉的「表哥」的身份勸馬太不要「欺騙她」。尼古拉說茉莉只是一隻無知無識的小羊，像「零尼微」城裏的居民，「分不清左右手」。馬太一時疏忽，不知道這是《聖經》裏的話。尼古拉要他查一查《舊約》〈約拿第四章〉。馬太想起了，因而說尼古拉「發音不準」，尼古拉把「音」發「準」了，再追問「零尼微」城裏有多少居民、多少頭牛？馬太一時想不出來，因而說尼古拉有點「痞氣」。尼古拉光火了，因而大罵他是「約拿的葫蘆」投機取巧。兩人吵了起來。

我把馬太安慰了許久，馬太涵養好，已不言語了，而尼古拉還在門外大嚷什麼「連《聖經》都未讀過，還亂談佛學、神學，在教會裏冒充理論家，無恥！」我又跑出去，剛把尼古拉推入他房中，忽然門響，茉莉看電影回來了。

她一看情形緊張，忙問：「學究，什麼事？什麼事？」

「沒什麼，茉莉，」我說，「他兩人在討論共產黨問題，爭辯起來了……你要喝點咖啡嗎？」說著我就拖茉莉到了廚房，又出來悄悄把馬太送走，一場風波，才告平息，而茉莉還在廚房內抱怨說：「你們男孩子，專門歡喜談政治，共產黨有什麼好談的？麻醉青年，污辱人性！……我就不談。」

自此以後馬太就不再來了。其他友人亦鮮有來訪。但是我也就時時不見茉莉的蹤跡，尼古拉更有時整日向壁枯坐，默默無言，形容一天天枯槁起來。

「你和茉莉究竟怎樣了？」一天我忍不住問他一句。

「一切都已絕望了！」他回答的喑啞無聲。

「究竟為什麼呢？」我再問。尼古拉從荷包內取出一封他的妹妹從大陸寄給他的信說：「看，她今年才十七歲，曾經清算過父親，現在又要我這『反動派』早日回國，從事社會主義建設……她如在美國還不是和茉莉一樣；你想，她會愛像她哥哥這樣一個無德無能的男友……她是個羔羊，自有她們的一群啊！」

「難道你就不能加入她們的一群，做一頭羊嗎？」我說。

「學究，」尼古拉有點傷感了，「你時常叫我『騾子』，我想變成一頭羊啊，但是我變來變去還是一匹騾子啊！」說著他淚珠一溜而下，我也就不敢再問了。

幾天之後，當我回柏文的時候，發現房間已很凌亂，廚房內煙霧瀰漫，看樣子茉莉已搬走了。在廚房我看尼古拉正在燒他那「計畫書」、情書、日記、筆記。我問他茉莉哪兒去了?她說她到鄰州參加秋季講道大會去了。會後一個教友便要直接送她回學校，不再回這兒來了。

「你們明年還可再見。」我說。

「完全絕望了，」他說，「我們話都說盡了，她說天主要我們三十年後再見……三十年後我們就都老了，天呀！」說著他坐下來，用兩隻手抱著頭，「上帝啊！你生了尼古拉，又何必再生茉莉?!」

「……」我在一旁默默無言，但見尼古拉淚潸潸下。

「她說我這樣不好、那樣不好，但是哪樣我不能『學』呢?」尼古拉慢吞吞的說：「她說我是異端，我也可變成虔誠的教徒，難道愛情還沒有真理可貴嗎?」

「她知不知道你的一番癡情呢?」我問。

「她知道啊！」他說，「學究，你知道她並不是十全十美的女子，她底癖性、她底稚氣、她底習慣、她底迷信……對其他男人可能都是虐待，但是對我，哦……」他有點嗚咽，我靠在冰箱上，也就不再說話了。

經過一個多小時，他又漸漸抑住感情，繼續燒他的文件。我看他送進火爐的最後一片是一張問答體的讀書筆記「焚稿斷癡情」：

問：失戀了為什麼要把情書燒掉呢？

答：不燒掉，以後看了，不更要想念他嗎？

原載紐約《生活半月刊》第一二六期至一二七期，一九五六年十一至十二月

瘋院來去

式庸

「……老兄，還是你去一趟吧。只此一次，下不為例……」馮先生左手握著電話耳機，右手還拿著一隻沒了煙的煙斗，似乎在電話內央求什麼事。

「為什麼偏要我去呢？你為什麼不找別的男士呢？我又不是車夫！」電話機內發出清脆而果決的聲音。

「看在主的份上！」馮先生繼續在央求，「誰還情願去呢？老兄，還是……」

「為什麼不找查理，他又有車，又有空！」

「但是查理也可以問：為什麼不找你呢？老兄，我看還是你去一次！」馮先生仍在請求。

「你告訴查理說，明天有三位小姐想到郊外去看她們的一位生病的朋友——另外一位小姐。她們想請查理幫幫忙，勞駕開一次車。我想查理一定會去的！」電話機內的聲音似乎有點不耐煩的樣子。那聲音又繼續說：「馮先生，你有沒有查理的電話號碼？」

「我有。」馮先生面上帶著無可如何的神情。

「查理一定去！再會。」電話機內隨即發出嗡嗡的聲音。馮先生歎口氣，望望窗外的晚霞，把沒了煙的煙斗插到嘴裏去，右手在案上翻開了他的私用電話簿。

這是一個和暖的初夏早晨，蔚藍的天上看不到一絲白雲。人行道旁的梧桐樹上一層層底綠葉把並不熾熱的陽光篩在地上。查理昨晚已把車子洗了一遍，停在這梧桐蔭下，以便今晨開車時車座上不會熱得難受。他穿著一套淡灰色的西服和黑邊白面的皮鞋。現在是夏令時間上午十一點一刻，距馮先生所約的時間尚差半點鐘。站在車前，查理對他那閃閃發光的電藍色的汽車前後打量一番，然後開了車門坐在駕駛盤的後面；又把身子撐起了一點，對著反照鏡整理一下他那藍條子的領帶，接著便扭開了電門，車子便在梧桐蔭下向前緩緩的移動了。

這附近的街道查理是異常熟悉的。他只要記著馮先生所電告的瑪格里門牌和「柏文」號碼便足夠了。禮拜六的停車照例又無問題；查理便很悠閒地把車子開到馮先生所說的地址。當他走到哈里屯大廈的電梯之前時，那兒已有幾個人在等電梯上樓。其中有一位四十左右的婦女，看來顯然是東方人，但是她卻穿了一件墨綠的西式女裝。查理以為她是日本人，所以頭也沒點一下。

電梯在五樓停下了。查理正預備出去，這位東方主婦卻先一步下去了。查理循著牆上的牌子去找「五E」號柏文。不約而同的，這位主婦也正走向這柏文，並且撳了電鈴。這時查理和她都不期而然地彼此笑一笑，點了點頭。

柏文門開了，裏面走出一位年紀比這位女訪客較大一點、心廣體胖的中國主婦。她穿了一件藍格子的旗袍，行動快捷，聲音響亮，笑容滿面。她首先和來訪的女客擁抱一下，說了聲：「哈囉！蘿絲，你真守時呀！」立刻她又轉過身來向這位男客查理說：「我想您一定是查理了。今天早晨馮先生才在電話裏告訴我，說您來替我們開車。我就是瑪格里。哦，查理，您真是個紳士，主會保佑您的。」

瑪格里在介紹這兩位訪客之後，又抱歉的說：「時間不早了，我也不留你們坐了。

莉莉還在等著我們呢！」說著她便從臥室內取出一筐水果交給查理提著，大家一齊乘電梯下樓，走向查理的汽車。瑪格里又叫蘿絲把莉莉的地址告訴查理。查理未開腔便把車子開到蘿絲指定的地點。他坐在車內，讓蘿絲上樓把莉莉請了下來。

莉莉十分瘦弱，面上除口紅之外，並無脂粉。她穿了一件深灰色像布口袋一般的旗袍。走起路來，兩手似乎完全不擺動。說話細聲細氣的。頭髮上也沒有搽油，不像瑪格里塗得那樣烏油油的。

瑪格里連說帶笑又把查理向莉莉恭維一番，然後才介紹莉莉給查理。莉莉只低微的說了一聲「謝謝」便坐入車後一角。這時天氣已有點熱，查理把領帶放鬆，又取出一副黑色遮陽眼鏡戴起來，狠命地踏著油門，讓車子向前跑。

這條大道查理也是再熟也沒有的。不到一忽兒車子已在湖邊大道上疾馳。湖邊的空氣畢竟不同，清涼得連吸到鼻孔內都感覺有點甜味，不像市區裏的煤煙氣。車旁藍得像一匹陰丹士林布的湖水一直鋪向天邊。上面點綴著一些三角形的白帆或遠或近。公路上數不清的汽車，載著出城度週末的遊客，來去如飛。在陽光照耀之下，閃閃地發出各種顏色的反光，令人目眩。

瑪格里斜著身子坐在前座上。為免使駕駛者感到寂寞，她不斷地說出一些有趣的新聞或舊聞。由於她詳細的敘述，查理才知道這一帶的中國留學生生重病的竟然有二十多位。他們都住在市郊不同的病院或療養院之內，無親無友，長年長月所見到的人不是白的便是黑的，一個黃面孔的也看不到。由於惻隱之心的驅使和主的啟示，瑪格里和蘿絲、莉莉合組了一個三人慰問團，在春夏或夏秋之交，每星期六出發去慰問一兩位病人。承她們的「會」裏的協助，每週替她們找一位急公好義而又有車子的青年替她們開車，但是「慰問品」的水果，則是她們三人自動捐助的。今天她們去探望的便是一位名字叫海倫的女病人，也是她們多年前就認識的「老朋友」。

瑪格里說不盡的故事終於被查理的問路聲所打住了，因為查理的汽車已由主幹公路開入一條小支路，以後就要靠瑪格里的嚮導了。這地方瑪格里去歲來過一次，現在尚能認出來去的小路。在她底領導之下，查理把車子開到了一排鐵柵之外，隨著百來部汽車，在一個路警指揮之下進入一個大的鐵柵門，一進門，裏面便是一塊大木牌，白底黑字大書：「精神病院，禁按喇叭！」

查理的汽車再循序向前開，只見裏面有十餘幢大型建築。樹木蘢葱，道路交錯，儼然一座小城。瑪格里要查理把車子開往肖爾路第四幢房子前停下。車停後瑪格里首先下車，提了水果筐走向那幢共有三層的大洋房；其餘三人則在樹蔭下、草地上休息等待。

乘休息時間，查理乃順便走一走，看了附近的幾幢房子。只見每座房子的門窗、走廊等全部都用堅實的鐵柵圍起。樓上樓下全是人，走動不停。一眼看去像是畫報上的納粹集中營。但是仔細一看，卻又像一座動物園。鐵柵之外是川流不息的遊客，鐵柵之內則是些坐、臥、叫、跳的野獸。

查理看見第三幢房子的走廊上有一個三百磅上下的大黑人，兩手攀住鐵柵，正以她那足有一吋厚的兩片嘴唇，在鐵柱子上磨來磨去。樓上的另一角則有一個瘦小的白婦人，兩眼直視，迅速地來回走個不停。還有一個老太婆躺在地下吐口水，正由兩個穿著制服的工人，拖她起來……驀地裏查理身後忽然走過一群人，擁著一個頭髮散亂、仰面哈哈大笑的青年人走向一部汽車。

查理正看得出神，忽然聽到瑪格里在呼喚。查理乃走回原來的草地。這時他發現原來三位小姐之外，又多了一位年輕的小姐。她穿了一件深紅色的西式女裙，白襯衣上加一件淺灰色的毛衣。雙耳之下墜著一對臺灣產的貝殼耳飾，唇上的口紅雖然塗得像秋雲一般的濃濃淡淡，但是那似乎並不影響她原有的明眸皓齒的本質。她的身軀也長得甚為勻稱，站在一雙黑漆高跟鞋之上，也頗顯得裊裊婷婷。當查理走近了，瑪格里便向她說：「這便是查理，年輕的建築師。」查理聞言連說「不敢」，同時問這位小姐說：「您也是來看海倫的嗎？」

「我就是海倫呀。」她說畢低頭微微地笑了一笑。

「……對不起，對不起……」查理張大了眼睛望著她、瑪格里也在一旁抿著嘴笑。

按照這所病院的規定，無危險性的輕病人，每星期六下午可由家人親友領出去團敘或遊玩半天。今天這三人慰問團就是打算領海倫出去到附近的「湖濱公園」遊玩的。據瑪格里說那裏有遊藝場、釣魚碼頭和草地音樂會，十分好玩，是週末度假人的好去處。時間已經不早了，她因而招呼查理立刻開車。

查理把前車門開了請年輕的海倫上車。她剛上車，查理便把前車門關了。瑪格里張望一下便擠入後座，坐在蘿絲和莉莉的中間。車子又循著原路開出了鐵門。

按瑪格里的原計畫，車子出門應向北開，這時海倫忽然要求向南開，她要到一座叫做維區的小鎮上去。南轅北轍的不同，她和瑪格里便爭執起來，二人都紅著頸子互不相讓。蘿絲和莉莉原與瑪格里是聯合陣線的，不久也加入了辯論。海倫寡不敵眾，哭起來了。這時中間分子的查理只好把車子開上路旁草地，等她們分個高下再行開車。

「這麼好的天氣，不到湖邊去，卻要到鎮市上去吸煤煙，真有點邪門！」瑪格里有點動了氣。蘿絲和莉莉二人也都鼓起嘴來。但是海倫卻用右手使勁的拍著椅背，一面哭一面說：「……我不到湖邊公園去啊！……我不要半天自由啊，我要永遠自由啊……」她們四人鬧得不得開交。查理聽了許久才聽出一些原委來。原來是海倫在維區鎮上已約好一名叫做約翰遜的律師，今天下午三時在他底事務所晤面。海倫希望這律師能幫助她出院。

「出病院為甚麼要找律師呢？」查理最初有點不解。問明了才知道按海倫的病況，去年夏季便可出院的。不過院裏認為她隨時有神經錯亂的危險。所以出院的條件是，要原先送她入院的簽字人來領她回去，或者是有一對中國夫婦願做她底監護人，保證照護她一年。但是事已一年多了，原先的簽字人是海倫的「會」裏的負責人，但是他們現在卻不願領她回去。海倫也找不到一對慷慨好義的中國夫婦能替她簽字做出院保證。但是她出院心切，所以在電話簿子上找到了這位律師的電話。約翰遜律師因而到病院內看過海倫幾次。今天因為海倫事先知道瑪格里的慰問團來看她，所以她想乘此臨時出院的機會去和這律師討論手續問題。

「你的會裏為甚麼不領你出去呢？」查理問。

「我的會裏的人多勢利啊！」海倫把嘴一翹，「他們巴不得我在這裏永遠住下去。」

「……？」查理有點不解。

海倫又接著說：「當我初入會時，因為我年經貌美，他們要利用我。我入會了，結婚了，那些穿黑的、穿紅的、戴尖帽子的、戴圓帽子的，都來了，那是光榮的事、體面的事呀！現在我已經是個離婚婦，又是個瘋子，他們來看我，多丟面子啊！……」

「海倫！」瑪格里忽然插嘴大叫一聲，但是她的聲音卻被查理的手背止住了。

「……兩年來他們沒有一個來看過我，」海倫繼續說下去，「我打電話他們也不理……還是瑪格里姊姊她們心腸好啊！她們還來看看我這個瘋子。」海倫說著，不禁哭出聲來了。

「查理，是的啊！」瑪格里歎口氣說，「我們不來看她，主也會怪我們的啦。」

「瑪格里，你們為甚麼不替海倫找一對夫婦做監護人，領她出院呢？」查理問。

「哪有那末簡單呢？」瑪格里說，「哪一個中國家庭肯負這樣大的責任呢？……」

「瑪格里姊姊！」海倫忽然搶過來說，「他們只要替我簽個字，我就可以出院了。他們負甚麼責任呢？我在這裏要出錢，出去還不是要出錢，我牽累哪個人呢？」

「我聽說瘋人院，都是公費的啦！」查理有點詫異。

「他們要我出一百六十元一月。」海倫說，「因為他們知道我銀行裏還有存款，赤貧的人才不要錢……查理，你知道我一人在外面住吃，每月還用不了這許多錢……在這裏那些瘋人打我、咬我、用香菸燒我，我跑也跑不掉，我花一百六十元一月在此地挨打、等死！查理，你能不能替我找一對夫婦簽字，救救我呢！……」海倫一面說、一面嚎啕大哭起來。

「海倫，」瑪格里說，「你病又發了！」

「真是病又發了，」莉莉也在一旁皺皺眉頭，「不到湖濱公園去，要在馬路上哭。」

「查理，」蘿絲也在一旁等得不耐煩了，說：「我看你把車子先開到湖濱公園去再說吧！」

「我不到湖濱公園去啊！……哦……哦……」海倫拍著椅背，大哭起來。

「海倫，你在公路上大哭大鬧，別人看了，成甚麼樣子！」瑪格里說著似乎有點生氣。

「我顧不得許多了啦！」海倫大哭說，「我要恢復自由啊！……自由啊！……」

「查理，時間不早了，你開車吧！」瑪格里態度轉趨和藹，又向海倫說，「好海倫，我們唱詩吧，上帝一定會保佑你早日出院的，來，我們唱——」瑪格里果真唱起來了，蘿絲、莉莉也跟著唱起。

「唱甚麼詩啊？甚麼鬼上帝！」海倫大哭不休。

「我看你真瘋的不像話了！」瑪格里真的生氣了，大聲的說。

「……」海倫忽然停住了哭聲，望一望瑪格里生氣的面孔，又哭著央求說，「瑪格里姊姊，你原諒我呀！你比我母親還大一歲啊！」

「你這是甚麼話?!」瑪格里漲紅了臉。

「瑪格里姊姊……」海倫滿含淚水，可憐地哭訴著說，「我不要半天自由啊，我要永遠自由啊！我不要到公園去，好姊姊……你原諒我呀……」海倫只管哀求，只見瑪格里繃著臉，一語不響。

海倫又轉身向蘿絲哀求說：「好，好的蘿絲姊姊啊，你替我向瑪格里姊姊說說情，好不好呢？好姊姊，你是出嫁過的啊……」

蘿絲睜大兩眼，張著嘴，一點表情也沒有。

「真是瘋子！瘋子……」莉莉卻在一旁低聲嘆氣。

「莉莉姊姊，」海倫又轉身向莉莉哀求說：「你替我向瑪格里姊姊求求情，好不好？你比她大幾歲，她會聽你話的，好不好……醫生說我是不傷害社會的心理病人啊。」

「不傷害社會？」瑪格里忿忿的說，「要把你放出去，連天都要給你鬧翻了！查理，把她開回去，咱們以後再也不來看她了！」

「……」海倫一語不發，兩條眼淚，卻像泉水一樣，不斷地湧出。

「瑪格里，不必生氣，」查理在一旁勸解說，「海倫本來是瘋子嘛，她說的全是瘋話，你何必認真。」

「瑪格里姊姊，我是在說瘋話呀……」海倫又轉身繼續央求說，「你看查理今天也上當了！」

「甚麼？海倫，」查理說，「我上甚麼當了？」

「查理，」海倫說，「你最初一定以為我年輕貌美，才來替我開車的呀！你哪裏知道我是瘋子，又是離了婚的呢？」

「我早就知道你了，」查理苦笑一下說，「我今天特地來開車替你服務的啊！」

「誰不是特地來替你服務的？」瑪格里提高了聲音說，「可是你這瘋子就不知好歹！」瑪格里說著手一揮，把海倫胸前的金牌子打得左右搖擺。

但是不論他們怎樣說，海倫還是堅持要到維區鎮上去找約翰遜律師。最後還是查理調解，叫海倫先去打一個電話給律師再去，以免撲空，因為今天是禮拜六，律師是照例不辦公的。說著查理便打開車門，海倫下車到一所加油站中打電話去。瘋子去後，車子中突然音響全無，恍似颱風剛剛吹過，餘下的只是混亂後的沉寂。

等了許久，才見瑪格里深深地吐出一口氣說：「這瘋子真豈有此理！」

「她今年比去年還要瘋些呢！」莉莉低聲小語的說。

蘿絲也點點頭。

海倫打了大約一刻鐘的電話，便垂頭喪氣的回來了。她發現車上的伙伴皆微笑相迎，以同情的口吻問長問短。海倫毫無表情地自言自語的說：「約翰遜律師等我許久未來，已經回家去了。」

查理的車子未待海倫說完，便已向湖濱公園的方向前進了。湖濱公園果然是好地方。別的不談，就是湖上風光也就夠美了。瑪格里原已在東張西望，這時忽然大叫一聲說：「蘿絲，看！」大家隨她的手指向湖面看去，只見一位身材矯健半裸的金髮女郎，騎在一個黃牛一般結實的小伙子的脖子上，伸開兩手，在湖上疾駛如飛。那小伙子腳下的兩塊滑水板，在蔚藍色的湖面上，劃出一道銀色的新月，煞是好看。

「瑪格里，」查理笑著說，「你也應該找一個小伙子來騎他一下！」

瑪格里未及作答，只聽海倫哈哈大笑起來。她說查理「真——真，幽默……真，幽默……」笑了又說，說了又笑，笑得頭和肩膀都顫動。瑪格里也笑了，蘿絲、莉莉也都高興起來。宇宙又恢復了和諧。

查理在停車場停了車，瑪格里是識途老馬，領隊下車，但是查理卻坐在車上未動，瑪格里和海倫都覺得奇怪。

「我想在車子上睡一覺，」查理說，「開你們回去時，精神好，會更保險些。」說著查理真的闔起眼來，四位女遊客，也在瑪格里領導之下，遊玩去了。

查理一覺醒來，只見紅日欲墜，瑪格里一行，倦遊歸來，臉上曬得紅紅的，已經坐在車上了。

「送海倫回病院去了嗎？」查理揉揉眼睛，發動了機器，車子便又向病院方向駛去。海倫呆望一會湖上的晚霞，緩緩地垂下了頭，車子卻跑得更快了。

原載紐約《海外論壇》第一卷第六期，一九六〇年六月

露娜今年三十歲了

子靜

臺下的洋琴鬼懶洋洋地坐著一動也不動。室內充滿著各種酒味——威士忌、蘇格區、香檳，乃至最便宜的啤酒——有經驗的鼻子，都可很清楚的分辨出來。

人們嘴裏吐出的煙絲，一縷縷地在空中盤旋、盤旋——和洋琴鬼一樣地懶洋洋的。入門靠右的牆角裏一位穿白衣的大胖子，正在一列櫃檯之後，忙個不停，丁東丁東地調著酒。除了屋的上方一座大約有兩丈見方的木台之上燈光稍微亮一點之外，餘下的部分都是黝暗的，暗的像一所古廟。平台之前，放著七八張可讓四人合用的小方桌，圍著這些小方桌，稀稀落落地坐著一些似乎在沉思的人們。桌子之外是一列矮矮的木柵，柵外卻站了不少人，有的手裏還拿著個玻璃杯。

室內發出嗡嗡的聲音，似乎人們在低聲說話，但是卻聽不出說的是什麼。

桀美和湯木手裏也拿著一個玻璃杯，擠在人叢中站著，默默地向上方那座小方台上出神。

他兩人九點鐘就來了。雖然手裏的啤酒杯還沒有換過，壁上的鐘畢竟差一刻便是午夜一點鐘了。

桀美和湯木今晚在這裏已看過十來場的表演了。每一場就只是一個肥胖的女子在音樂聲中，從木台上這邊到那邊扭個不停。她們有的黑得像春天祖國江南水田裏面的耕牛，有的卻又像塞北秋天草原上白色的高臀大馬。她們每一動作，都足使那負荷過重的小木台，吱吱作響。

每場表演完畢，照例都有十來分鐘的休息時間。洋琴鬼也都放下樂器，沒精打采地坐著，懶得像空中盤旋的煙絲。台下喝酒的人們，也靜悄悄坐著，對那一場場山搖地動的表演，似乎並未注意觀看。桀美與湯木也不懂，為什麼這樣的表演要反覆演箇不停呢？

只有在節目報告員的播音裏，他二人才知道這一場場的表演都是些有名的舞蹈專家擔任的。每場的形式和內容都不同，例如什麼「檀島的阿羅哈」、「黃金海岸的熱浪」

、「古巴的雙椰子」、「北極風雲」等等。從名目上看，便可知道它們內容實在有北極赤道之不同。據播音員說，這些演員們都是從世界不同的國度裏出生的。由於文化背景的不同、種族體格的差異，演員們表演的本質與技巧都完全不同。「台下的紳士們該是如何幸運能享受到這樣美好眼福啊?!」

桀美和湯木也知道這並不完全是宣傳。因為他二人現在所等著看的便是最近中文報紙上也曾大登廣告、此地節目牌上也特地標出的名叫「東方的芙蓉蛋」的一齣名舞。雖然已等得膩了，畢竟還是等到了。

洋琴鬼果然把喇叭尖插到嘴裏去，嗚嗚地吹起來。播音員報告了節目，台後帘子一動，一個演員出來了，果然是東方人。她梳了個日本髻，身上披一件中國京劇上用的五彩繡花斗篷，把全身都遮住了。隨著喇叭聲和鼓聲，她在台上一轉、兩轉、三轉，轉到台前把兩手一伸成了一個十字架；一轉，兩轉，又把兩手向腰間一撐，形成一個中字，看樣子就像平劇上的穆桂英，又有點像常山趙子龍；看她頸子上那股勁兒，又有點像「別姬」的霸王。

鼓聲忽然一響，她驀地一轉，那斗篷突然自身上脫落，裏面露出一襲繡花的長馬甲來。她手中又多出了一把小紙扇，拼命地搧個不停。她向左邊一跪，又向右邊一跪，又向前伏，又向後仰身朝天。看來有點像平劇裏的《貴妃醉酒》。又有點像西洋歌劇裏的《蝴蝶夫人》。表演的身段，又像中學生早操時「八段錦」中的「搖頭擺尾去心火」！

桀美看了悄悄她笑著問湯木說：「這是日本舞，還是中國舞？」

湯木也笑著說：「既不是日本舞，也不是中國舞。是東方的芙蓉蛋！」

喇叭嗚嗚地不斷的響。她在台上兩手一彎一直，兩腳跳躍向前，繞台一周，似乎跳的是南美洲的「散巴舞」，又像「喳喳舞」。她忽然來一個三百六十度大迴旋，她那長馬甲中間分開了，隨風飄起，裏面露出一件粉紅色的絲質旗袍來。她又一轉身，乖巧地把馬甲脫下，丟往後台。一隻腿跪著，仰面朝天，似乎在看天篷上的電燈，兩手一上一下，顫動不停，看來頗像老先生們所打的「太極拳」中「推窗望月」的姿式，又像夏威夷姑娘們所跳的「胡拉」舞。

這時桀美忽然在湯木臂上敲一敲說：「我看她的確是露娜了！她穿起旗袍，看來就更面熟了！」

「一點不假，」湯木也低聲的說，「是她，是她……」沉默半晌，湯木又嘆息一聲說，「奇怪，真正想不到！」

露娜這時正蹲在台上，慢慢地打轉。洋琴鬼忽然密如連珠地把鼓「咚，咚，咚……」連續敲起來。露娜的旗袍在鼓聲裏，肩上忽然裂開了，分成兩片，像兩匹瀑布，分別自身前身後，溜了下去。

觀眾中的桀美微笑擰著嘴，湯木低著頭，用左手遮著兩眼。

她這時是海灘上的浴女了。身上剩下的是一襲兩件頭的美國式的浴衣。下面半件之外還套了一條有五吋長、絲線織成的短裙。她像是吃醉酒似的緩緩地站起來。兩腳一踢，把兩隻銀色高跟鞋和兩片旗袍都踢到後台去了。她仰首挺胸在台上徐徐蠕動，豐肌潔白，看來像是羅馬博物館中的斷臂女神，只是多出兩雙臂膀。

她一面伸著懶腰，一面把背部緩緩轉向台前，誰知她底上半身的浴衣太緊了，她一個呵欠，浴衣背後的拉鍊幾乎被掙斷。她大驚失色，忙把兩手抱起，逃往後台。

台下發出了幾下稀疏的掌聲，洋琴鬼自嘴裏拔出了喇叭，又恢復了以前的懶像。

桀美細聲的問湯木說：「你看露娜變了樣子沒有？」

「十一年了，」湯木說，「怎麼會不變呢？……論年紀，她不但該變了，她早已老了、死了！」

湯木還記得他第一次認識露娜時，那已是十一年前的事了！那時她才十九歲。她經常驕傲地說：「一個女人過了廿五歲便是老太婆了，到了三十歲，就該死了！」論年紀，露娜今年正是三十歲了。所以湯木說她該死了。

湯木最初認識露娜的地點是在美中一座大城裏。那時他兩人都剛從祖國來，恰巧都住在一所公寓之內。露娜說的一口流利英語和法語。至於祖國語言呢？她會說北平話、上海話、廣州話和廈門話。她和湯木說話時所用的語言卻又是湯木唯一能達意的重慶話。

露娜會彈鋼琴、會刺繡，還會畫幾筆國畫。不時還在畫面上題一些什麼「……無風底落葉……」一類的新詩。在她的歌詠隊裏，她唱過女高音。在她母校「勞軍義演」時，露娜不特扮演過「四鳳」，還「彩排」過「蘇三」。中學畢業了，多金而有些資望的父親送她到新大陸來研究藝術。

在中部那座大城裏，不用說，露娜是一塊蜜糖，是蜂子和蒼蠅圍繞的對象。她的女房東被電話吵煩了，乃秘密把電話鈴子弄啞。電話只能打出不能打進。一個週末，破天荒，露娜沒有男孩子約會。她悶得緊，才找隔壁房內住客聊天，這樣才和湯木搞熟了。

湯木在下城一家猶太飯館內洗盤子。工作和上課之外，總歸是守在房內翻「寸半本英漢字典」看當天的日報。和露娜廝混熟了，他有時也請露娜嚐嚐他那一手有名的家鄉味的「回鍋肉」和「京醬肉絲」。有時甚至還有一兩碗「癩湯圓」。露娜很喜歡湯木，據她說是因為他「土得可愛」；又因為湯木會「擺龍門陣」，談「男女經」，一擺、一談便是幾個小時，露娜都聽不厭。所以她「封」湯木做「戀愛理論家」。

有時露娜聽得高興了，便很誠懇地告訴湯木說：「我們都是感情中人啊！」說得湯木有時真的也自覺「感情」一番。

那並不是偶爾的事：露娜時常被那些梳著飛機頭的中外青年，或提著大皮包的「博士」、「醫師」者流「約」膩了。她往往死扯活纏地要湯木「帶」她出去「耍」。湯木也有時認真的為她用了一些錢，但是出遊歸來，她總又死打活打地要把她二人當日共同的用費做「荷蘭式」的平分。據她說是她不忍心花費湯木的「血汗錢」。

他們在一起「耍」到高興時，露娜甚至時常開湯木的玩笑說：「老湯，你為什麼不追求我一下呢？」湯木也苦笑地打著他的故鄉老調說：「癩蛤蟆朗格敢吃天鵝肉啊？」

「你試試看呀！」露娜說，「我一定嫁給你！」

湯木當然一直沒有勇氣去「試試」。但是他卻誠心誠意地勸露娜在那些提皮包的博士之中去「挑」一個。桀美也是那時透過湯木認識露娜的。

後來湯木轉學東岸，和露娜便分手了。最初每逢聖誕，露娜總寄有賀年片來問候她的「老湯」，最後消息便完全斷了。大約是四五年前，湯木遇到一位露娜的舊相識，談起才知道露娜曾嫁給了一位演丑角的美國戲子，不久又離婚了。並受僱為某大學藝術系的模特兒，後來又參加某脫衣舞團，周遊北美。

這次在東岸的報紙上，果然見到了露娜的廣告照片。雖然她改名易姓了，但露娜畢竟還是露娜。這次看到了這位「東方芙蓉蛋」的演員，湯木和桀美果然一見便認出了。

當湯木和桀美還在嘖嘖稱奇和討論之時，台下的側門之內忽然走出七八位女子來，露娜居然也夾在眾姊妹之中，向四周點頭。眾酒客見了，都走上前去兜攬，一齊坐檯子買酒喫。一位滿臉長鬍子的大胖子走上前去牽著露娜的手自湯木身邊走過。走近了湯木，露娜忽然停住了腳，對湯木注視半晌，忽然衝向前來將湯木緊緊抱住。抱了許久，露娜才抬起頭來，激動地說：「老湯，你怎麼和桀美到這裏來了呢？這裏是壞地方啊！」

湯木未及作答，露娜又轉過身去向那大胖子道：「這兩位是我香港舞場內的老朋友。」

「露娜，」桀美說，「我們是看見了中文報的廣告，特地來參觀你的藝術的呀！」

「……」露娜若有所思的向天花板看了一看。

「露娜，」湯木說，「你怎麼會到這裏來的呢？這兒硬不是個好地方呀！」

「老湯……」露娜似乎是用了很大的氣力才說出一句來，她那假的睫毛上已有點濕潤，「你不要問我了好吧！我以前就告訴過你……」她停了半晌，又繼續說，「女人過了三十歲就不必活了……」她聲音又中斷了，只把頭在湯木右肩上伏了半刻，口中唧唧咕咕地說，「……露娜今年三十歲了！」

湯木覺得肩上有點熱，待露娜抬起頭來，他才發現右肩上濕了一片。

「……」露娜、老湯和桀美都沉默無言。

「老湯……桀美，」露娜又哀求似的說，「……這不是好地方啊！你兩人都是good boys，快離開這裏吧！」

露娜的叫聲有點顫抖。她用左手遮住臉，用右手使力地把湯木和桀美推到馬路上去。

——一九五九，感恩節，費城——

原載紐約《海外論壇》第一卷第四期，一九六〇年四月

梅蘭芳傳稿

思蘊

如果男性之間也有一個人可以被稱做「天生尤物」的話，這個人應該就是梅蘭芳！

蘭芳的名字不用說將來是與中國的歷史同垂不朽了。但他之所以能垂名史策，不是因為他貴為今日的「人大代表」，也不是因為他曾經立過什麼「功」、什麼「德」足以造福人群，而是因為他能以男人扮演女人的成功！

一個曾經看過梅劇的蘇聯劇作家問中國駐蘇大使顏惠慶說：「你們中國人為什麼要用個男人來扮演女人呢？」顏說：「如果以女人來扮演女人，那還算什麼稀奇呢？」

蘭芳現在是名滿全球了！但是老實說西方人之欣賞梅劇，恐怕多少要受幾分好奇心的驅使。可是我們看慣了「男人扮演女人」的幾萬萬中國人和日本人，為什麼又對他瘋狂地愛慕呢?這分明不是因為他「稀奇」，而是因為他「更別有繫人心處！」

蘭芳才四歲時，父親便去世了，十年之後母親又死了。他既無兄弟，又無姊妹，所以一小便孤苦伶仃，正如他自己所說的：「世上的天倫樂事，有好些趣味，我是從未領略過的。」

幸好他還有個祖母。她憫其孤苦，躬親撫養，至於成立。另外還有個「胡琴聖手」的伯父。蘭芳七歲時便開始學戲，他那馳名的《玉堂春》就是他伯父教的。所以蘭芳未到十歲就會唱「十六歲開懷是那王」了。

他們梅家在滿清咸同年間在北京便很有聲名。所謂「所操至賤，享名獨優」。蘭芳的祖父梅巧玲身軀長得細膩潔白、肥碩豐滿而善於忸怩。所以當時便以演風騷的戲出名。在《渡銀河》一劇裏演楊太真，能使全場春意盎然。而在《盤絲洞》裏飾那和豬八戒調情的蜘蛛精，玉體半裸，尤其淫冶動人。

一個曾看過巧玲戲的人說：「《盤絲洞》一劇，以梅巧玲最擅長……他人不敢演也。蓋是劇作露體裝，非雪白豐肌，不能肖耳。」

梅家之入京，當始於巧玲，至於他的祖籍何處則殊無定論。《梨園軼聞》著者許九埜說：「梅胖子，名巧玲，字慧仙，揚州人。」此說殊不可靠，因為揚州是煙花舊地，中國古代詩人羨慕「腰纏十萬貫，騎鶴下揚州。」又說：「人生只合揚州死。」所以自古以來中國的名伶名妓都說自己是揚州人。

五四運動時代，北平學人則說梅是胡適之先生和陳獨秀先生的同鄉——安徽安慶人，不知何所本。

蘿摩庵老人的《懷芳記》和齊如山編的《梨園影事》則說梅家是祖籍江蘇泰州。此說似稍可信。蓋維揚產的藝人，都概括地說他們自己是揚州人，故有是揚州人之傳說。至於安徽人一說顯係無稽之談。唯不管三種說法之真實性如何，而梅氏原為南方人則似無可疑之處。

滿清時之南伶北上實始於清乾隆帝之南巡。清高宗之南巡主要目的是為徵逐聲色的。所以回鑾時曾違背了「祖宗家法」攜回大批江南佳麗，並選了大批江南俊秀兒童帶回北京預備訓練做御用伶官。這些兒童同時也就被列入樂籍。

清人羅癭庵在他的《鞠部叢譚》內說：「南府伶官多江蘇人，蓋南巡時供奉子弟，挈以還京，置之宮側，號南府子弟，皆挈眷居焉。其時江蘇歲選年少貌美者進之。嘉慶後漸選安徽人皆納之南府。道光後南府皆太監，伶人乃不得挈眷矣。」藝甫生的《側帽餘譚》則說：「若輩向係蘇揚小民從糧艘載至者。嗣後近畿一帶嘗苦飢旱，貧乏之家有自願鬻其子弟入樂籍者，有為老優買絕❶任其攜去教導者。」

至於巧玲本人是否亦以此種方式去北京的則不可考矣。巧玲在髫年時艷名即遐邇皆知，其時亦常入內庭供奉。這「天子親呼胖巧齡」的花旦，在咸豐初年即已是捧客們徵逐的對象。

不過這時正是崑曲已衰、皮黃未興的時候。加以北方外患方亟，南方的太平軍正虎據長江之時，以故北京戲業不振，伶人底生活還很清苦。那時北京的戲票每張祇賣銅錢幾百文，約合後來十來個銅元。此種情形至光緒初年還是如此。所以他們那時所最看中的生意經，便是到達官貴人們家裏去演堂戲，但以巧玲之紅，每回堂戲的收入亦不過十兩銀子，比起他孫兒和譚鑫培等在洪憲王朝時所演五百銀元一夕之堂戲，真有霄壤之別。

再者在帝王時代的中國，三千年來一向是「娼優」並列的。樂籍是中國階級社會中的最下級品流，與外界是不通婚嫁的。《鞠部叢譚》中說：「凡名伶無不有幾重姻戚，蓋昔時界限甚嚴，伶界不能與外界結姻。」蘭芳的岳父王佩仙便也是個名伶，佩仙的五個女兒也分別地嫁了五個出名的戲子。

在那種農之子恒為農、工之子恒為工、考究出身非常嚴格的社會裏，他們梅家便世世代代做著優伶。但是在那個時代，做個伶人也著實不易。他要應付當朝權貴，他要敷衍地方上的惡勢力，還要濃粧艷抹地去為捧客們徵歌侑酒。據說梅巧玲還有幾分俠氣，每不惜鉅金去救濟那些為他捧場的寒士。所以他雖然做了四喜部頭，也往往入不敷出。所以當他於光緒八年病死的時候，遺產所餘也很有限。

巧玲有兩個兒子，乳名叫做大瑣二瑣。大瑣名叫竹芬，後改名雨田；二瑣名叫肖芬。他兩人也繼承父業習青衣花衫。大瑣年少時粉墨登場也還楚楚可人。《宣南零夢錄》的作者粵人沈南野當時在北京做豪客，「曾招之侑酒」，說他「既至則斂襟默作，沉靜端莊類大家閨秀，肥白如瓠，雙靨紅潤若傅脂粉，同人擬以『荷露粉垂，杏花煙潤』八字，謂其神似薛寶釵也。」這位薛寶釵式的大瑣就是蘭芳的伯父，後來他也因「倒嗓」不能再唱，而改行為琴師。

至於二瑣則一直是沒沒無聞，未見有人捧他，未及壯年，便夭折了，而蘭芳就是二瑣的兒子。所以他不但少孤，而且家境也非常貧寒。

但是蘭芳一小便絕頂聰明，更生得明眸皓齒，皮膚細膩白皙，指細腰纖，真是渾身上下，玉潤珠圓。而最奇怪的是他自小便生得一副謙和脆弱的氣質，柔和得像一個最柔和的多愁善感的少女。再配上一副清和潤朗的嗓音，使他除性別之外，便是個百分之百的姣好的少女。當時人說他是「以文秀可憐之色，發寬柔嬌婉之音」。所以他自十二歲取用藝名蘭芳——他原學名梅瀾，字浣華——在北京登台以後，一鳴驚人，不朞年便捧客盈千。

須知當時北京的優伶，沒有人「捧」是永遠不能成名的。在那千萬個捧客之中，最重要的還要「豪客」。

至於豪客在當時的北京是所在皆是的。那兒有的是王公貴人、貝勒公子，有的是腰纏十萬想到北京「捐」個知府道尹的地主富商，有的是進京會試想謀個一官半職的各方名士和新舉人，有的是卸職還京、在習禮三月❷等候便衣殿召見的封疆大員。他們都是有錢有勢的有閒階級，客居無聊，便去包妓女、捧戲子。

清季京師禁女伶（北京有女伶係庚子以後事），唱青衣花衫的都是些面目姣好的優童。這種雛伶本曰「像姑」，言其貌似好女子也，後來被訛呼為「相公」，日久成習，「相公」一詞遂為他們所專有，公子哥兒們反而不敢用了。蘭芳便是當時百十個「像姑」之一。

這些像姑們當然每個人都想擁有千百個豪客，借他們底財勢，將來好變為紅腳。賤日豈殊眾，我們沒有理由能把這時的蘭芳和他們分開。

但是應付這些豪客也絕非易事。他們除在園子裏聽戲之外，還要這些童伶們去「侑酒」去「問安」。侑酒的方式有劇妝側侍的，也有卸妝雜座的。在這種場合下，酒酣耳熱，猥褻的行為在所不免。清人筆記所載比比皆是。

《越縵堂菊話》的作者李慈銘便感慨的說：「其惑者至於偏徵斷袖，不擇艾豭，妍媸互濟，雌雄莫辨。」這位李君並痛罵那「布政使」、「學差」者流的荒淫無恥。

清季恒以男伶和女妓同列。而女妓則無男伶的身價高。因為這些豪客們有的是美人充下陳，無啥稀奇，何況女妓們多有色無藝呢？

鄭振鐸在《清代燕都梨園史料》的序中說：「清禁官吏挾妓，彼輩乃轉其柔情以向於伶人，史料裏不乏此類變態性慾的描寫與歌頌，此實近代戲劇史上一件可痛心的污點。」

有些像姑們除應付豪客之外，亦有以同樣方式向「冤大頭」們挖金的（「冤大頭」

三字在嘉慶時即有此俚語）。

據當時史料所載，這些「冤大頭」們觀劇必坐於「下場門，以便與所歡眼色相勾也。而諸旦在園見有相知者，或送菓點，或親至問安以為照應。少焉歌管未終，已同車入酒樓矣。」

這些冤大頭們有的竟為他們所迷戀的伶人「築室娶親」耗至數萬金者。亦有因破產呷醋等關係而招致殺身之禍者。所以有人作詩詠其事說：「飛眼皮科笑口開，漸看菓點出歌臺，下場門好無多地，購得冤頭入座來。」

但有時也有騙子冒充冤大頭的，伶人們也常有因此失金、「失身」的。也有些寒士，因為做不起冤大頭而又偏想染指，以至受辱的。其時有一老頭子的寒士，自號「小鐵篴道人」的，因為尋芳不遂而受管班的侮辱，他悻悻而去之後，還拿出阿Q的精神來說：「道人為花而來，豈屑與村牛計較，司空見慣，殊恬如也。」至於情性相投、雙方皆出於自願者，亦殊不乏人。

這一類的社會史料，在清人的筆記內真多不可數。清季士大夫階級荒淫的罪惡，真罄竹難書。但是這個罪惡的淵藪便是蘭芳出身的社會背景。由此也可知道他底職業的性質。

寫歷史的人不能因為他愛慕蘭芳，便剪去了那梅郎弱冠時代傷心的一頁。

據說蘭芳少時即「以家貧，演戲之暇，時出為人侑酒」。有一個廣東籍姓馮的豪客為他「營新宅於蘆草園。屋宇之宏麗，陳設之精雅，伶界中可稱得未曾有。馮又延請豪貴，往來其宅中，因之梅之名譽大著。」關於這位馮姓豪客於民國初年在北京傳說尤多，今姑從略。蓋那時捧梅者甚眾，不必多考。

不過時至光緒三十幾年時，蘭芳仍算不得是「花國狀元」。他上面前輩的青衣花衫還有他底師傅陳德霖和王瑤卿；生角有譚鑫培和武生的楊小樓等。蘭芳則不過是當時像姑中的第一二名而已。

但那一批前輩伶人與梅家非親即故，所以他們對蘭芳也加意扶持。尤其那特蒙西后殊恩的楊小樓和譚鑫培也時時援引蘭芳為配角。有時亦偕入內庭供奉。北京人曾傳說蘭芳亦嘗為西后面首，此說殊不近人情。至於後來傳說他受寵於隆裕太后，雖亦不足信，惟徵諸漢唐宮闈往事，因亦未可斷其必無耳。

要不是時代有了轉變，恐怕蘭芳的一生便要和他底先人們一樣，到了年老「色衰」

的時候，憑自己以往的聲名，來當一名管班，授幾名徒弟，再去扶持一批小輩子侄，任達官貴人們去「捧」了。

誰知武昌城內一聲砲響，大清皇室隨之瓦解土崩。蘭芳的命運和他底職業一樣也起了激烈的轉變。

蘭芳在清末本專唱青衣正旦，所謂貼旦，民國以後乃兼唱花衫，他本人是以皮黃起家的，但他並未忘記他梅家祖傳的崑曲，《刺虎》便是他崑曲的拿手戲。

中國戲劇自宋元而後以至於他們梅家之崛起，都是崑曲的天下。自元人雜劇到吳梅所搜羅的一百四十六種「清人雜劇」，騷人墨客們也著實下過了一番功夫。至於情節的動人與夫唱詞的嫺雅，崑曲可說已到登峰造極的程度。唯其伴奏的樂器則只以笛子為主。

就樂器方面說，中國的笛子是很原始的。它只有七個音階，國樂所謂宮、商、角、徵、羽、少宮、少商。笛子是不能吹半音的。更淺顯地說，就是笛子吹不出鋼琴上黑鍵所發出的聲音。不用說西樂中幾重奏的和音笛子無法應付，就是吹個單調兒，笛子也是不能勝任的。所以以笛子為主要伴奏樂器的崑曲，唱起來也是索然寡味的。

嚴格地說起來，崑曲是近乎話劇的。欣賞崑曲，與其說欣賞伶人的唱工，倒不如說欣賞戲劇本身的情節，熊佛西先生說得好：「大多數舊劇是只有『故事』而無『劇』的。」崑曲尤其是無啥可「唱」的，儘管當今還有批文人雅士如趙景深者流還在繼續的唱下去。

中國詩人們所欣賞的「小紅低唱我吹簫」，與其說是欣賞音樂，還不如說欣賞意境的好。

所以到了滿清末葉，崑曲就式微了。而打倒它的，卻是由南方北傳鄙俚不堪的土戲「亂彈」，也就是所謂「黃腔」。湖北黃陂黃岡兩縣所流行的黃泥調，便是後來的二黃，再配上徽調漢調乃成為後來的皮簧。

咸豐以後皮簧日盛一日。同治中興時崑曲就被打入了冷宮。老的崑伶都紛紛改業皮簧。做這個轉替時代底樞紐的便是三慶班頭的程長庚，和四喜部頭的梅巧玲。

巧玲原為崑伶，且能吹崑曲笛子三百套，但是時勢所趨，他終於改業皮簧，成了京劇的開山祖師之一。不過巧玲那時所唱的京劇不但詞句是下俚巴人，和崑曲不能比，就是它那主要伴奏樂器的胡琴，所拉的調門也十分簡單，雖然已比笛子進步多了。可是到了他的兒子雨田手裏情形就不同了。以前胡琴調子中的開板——俗謂之過門——十分簡單，到了雨田手裏花樣就多了。今日吾人所欣賞的二黃原板、西皮慢板、反二黃等等的幽美的過門，幾乎都是雨田一手改良出來的，雨田因此成了梅派胡琴的祖師。

馬思聽說：「試問兩根繩子能發出什麼音來！」這是出者奴之的話。就管絃樂方面言，我們同西方雖然不能比較，但就一兩樣小玩藝兒言，個人技藝的表現，我們也大可不必妄自菲薄，梅雨田的胡琴就是如此，據說他能以胡琴「效座中各人言語」。京劇是今日每個中國人都聽過的，胡琴拉得好的亦確有其超凡脫俗之處，這也是任何音樂家所不能否定的。

民國以後四大名旦的琴師，幾乎全是梅派。所以蘭芳不但是四大名旦之首，而其他三大名旦亦皆祖述梅家，現姑不多談。

所以京劇到了蘭芳手裏，可說是天與人歸。他底祖父和伯父都替他做了準備工作，他集三世之大成，再加上一己的天賦，年方弱冠，他便成了舉世矚目的紅星了。

再者皮簧到了清末可說已至濫觴時代。西太后是天天要看戲的，那時戴紅頂花翎、穿黃馬褂的頭品大員參見太后都要匍匐，仰首佇視是要犯大不敬罪的，可是戲子們在「

老佛爺」面前卻可隨意調笑。據說在光緒初年德宗每次陪太后看戲總是侍立一旁，一次一個演皇帝的戲子出臺後向寶座一坐說：「咱假皇帝有得坐，真皇帝還沒得坐呢！」太后聽了大笑，於是賜德宗座。

一個梅家四喜部的演員，一次在內庭戲臺上，信口亂說拿女子開玩笑，他對他底婆娘說：「渾家，你知道陰七陽八嗎？你們女人餓七天就死，咱們男人餓八天還不得死！」這一下他忘記了西太后也只能餓七天。所以慈禧聽了很不高興的說：「你們男人就這樣神氣！老不給你賞錢，看你餓死餓不死？」所以小太監們以後常常剋扣他的賞錢。

由這些事情我們可以知道皮簧在清末盛行的狀況。上有好者下必甚焉，在滿清光宣之間，朝野上下幾乎每人都要哼幾句才算時髦，一時文人學士也以捧戲子為風流韻事。而蘭芳就是這風流韻事中的寵兒。

所以羅拜在他底紅裙底下的第一流名士，多不可數，而尤以清末民初的易實甫、樊樊山為最，梁啟超和後進的胡適也常敲邊鼓。

在這些文人的精心策劃之下，於是梅劇底內容情節、唱工、身段、燈光、佈景、臺詞、音樂等等的進步也就一日千里（熊佛西先生在《佛西論劇》內對梅劇曾有嚴格的批評，這兒筆者所談的只是就京劇本身的進化而論）。因此皮簧乃由一種鄙俚不堪的小調兒，驟然進步到雅樂之林，在中國的歌劇藝術史上寫下了光彩輝煌的一頁，而蘭芳就是這一頁底首要著作者。至於蘭芳在這些第一流名士的捧客間，是否也有一二膩友，其友情是基於「靈魂深處一種愛慕不可得已之情」，如琪官兒之與寶二爺者，筆者就無從深考了。

清季唯有天津和上海的租界內才有唱皮簧的女戲子。唯當八國聯軍的混亂期間，天津的女戲子乃乘間入北京演唱而大受歡迎。後來兩宮回鑾時，當局也就默許了既成事實。女伶既興，則在北京很多唱青衣的男伶都被那唱青衣兼唱花衫女同行擠下去，在民國初年此種情形尤為嚴重。於是蘭芳在各方慫恿之下，在大名士顯宦的捧場中，也開始唱起花衫來。青衣貼旦是專究唱工的，而花衫則唱做兼重，為投時好，為求雅俗共賞，為與風騷的女同行爭生意，則蘭芳唱起花衫來，其任務也就益形繁重了。

為完成這一個繁重任務的第一要義就要舉止淫蕩，要拼命地「浪」，要浪得入骨三分，要浪得如賈璉所說的「使二爺動了火」。你別瞧蘭芳「文秀可憐」，他浪起來可也真夠勁。他底女同行想把他擠下去，顯然是蜉蝣撼大樹。

當他於民國二年在北京懷仁堂唱《小尼姑思凡》時，華北為之轟動。上自總統、內閣總理、各部總長……都夾在人叢中擠眉弄眼。在前三排的席次內，你可找到道貌岸然的蔡元培、一代文宗的梁啟超、狀元總長的張季直……，在「小尼姑」春情蕩漾時，你也可看到這些鬍鬚亂飄的老人家們底眉梢眼角也如何地隨之秋水生波。

他這一浪，那一批捧他的文人學者們固然為之心蕩神移。而那批頭插毛帚、代滿清王公貴人而起的新統治者更是想入非非。於是梅郎的命運也隨之浮沉曲折進入了新階段。

不特此也，那一向視好萊塢大腿如糞土、而卻嗜梅劇成癖的美國駐華公使，為藝術而藝術竟也大捧其場來。於是蘭芳的博士方巾，這時雖尚遠隔萬里煙波，而也就隱約在望了。

在清末蘭芳雖已聲名大著，唯說起來他總是老伶人譚鑫培、余叔岩輩的配角。可是辛亥革命以後這情形就不同了。按梨園舊習，旦角本是最卑賤的，元曲如此，崑曲也如此，可是到蘭芳成名時這舊習內也起了革命，尤其是民國二年蘭芳第一次南下到了上海之後。

北京人聽戲是很別緻的。在那陳設簡單、座位稀少的戲園內，有的竟然放了一張張笨重的八仙桌，觀眾繞桌三面坐。老行家們聽戲總是雙目半閉，側身而坐，一手抱茶壺，一手敲板眼，他們是在「聽」戲。聽到奧巧處，他們會不約而同地把桌子一拍，叫聲「好！」，所以戲子們在北京雖然也要色藝兼重，而唱工則為首要。

在上海就不同了。碧眼兒為我們帶來了新式的舞臺，大到能容一兩千人，再者北京的「良家」婦女是很少進戲園的，上海卻不然，那碩大的戲院內卻擠滿了領子比頸子還高的太太小姐們。這些上海仕女們是不懂什麼二黃西皮的，他們來的目的是「看」戲，「聽」反而變為次要了。所以蘭芳民國以後之兼唱花衫，與他一九一三年之南下是很有關係的。

抑有甚者，上海是吳儂的故鄉，江南佳麗，多如過江之鯽，她們到這洋化的戲院來，都打扮得花枝招展爭奇鬥勝。可是當蘭芳在上海演天女散花時你可看到，在那一陣急促的三絃和琵琶聲裏，只見那後臺「出將」的繡帘一飄、下面閃出個古裝仙女來。在那燦爛的燈光下，她一個食指指向鬢邊向臺口一站，那全院小姐太太們的臉頓時都顯得黃了起來。就憑這一點，蘭芳在上海立刻就紅起來了，別的就不必提了。

梅氏皮膚的白皙細膩和臉蛋兒的姣好動人，是盡人皆知的。任何自命不凡的東方女子，在這場合下和他一比，都自覺粗糙不堪。至於一個男人何以能有如此的「花容月貌」呢，那只能追問上帝！因為他實在是天生的尤物。

豔名南傳之後，蘭芳回到北京益發身價十倍。其後他便常常以花旦戲做壓軸戲。捧他的人不消說也不像清末王公之對待像姑了。軍閥官僚之外，出入於蘭芳之門的，多的是進士、翰林一流的遺老，和學成歸國的歐美留學生。老狀元張季直即以「三呼梅郎」而聞名海內，梅黨中的樊樊山、易實甫捧得益發起勁，而他們中捧得最具體的則是齊如山。

齊君在清末即已有文名，後來以捧梅甚力，竟然做了入幕之賓，專門替蘭芳編戲。在這些知音律的文人們幕後主持之下，京劇乃因蘭芳而高度的發展成了雍容華貴的藝術。

前已言之京劇本源於「亂彈」。「亂彈」者，亂彈一陣也。清代因北京五方雜處，各地來的人各有所好，所以北京各種地方戲皆有，秦腔、梆子、黃腔、漢調……無不俱備。後來伶人每每綜合演唱，以娛籍貫複雜的觀眾，而「亂彈」就是這聯合陣線的總名。就是在梅家上兩代，「亂彈」還是亂彈的聯合陣線，沒有完全融化，到了蘭芳成名的時代，這亂彈才真正地統一，成了個整體的藝術。因蘭芳而盛行一時的曲牌南梆子，就是出於梆子腔，西皮則出自秦腔。

須知「亂彈」本出自中國農村。京劇內的大鑼大鼓本也是為著適應野外演唱用的。所以一切現代化的所謂舞台佈置（stage setting）等等，都為當時社會條件所不許。不得已而求其次，他們乃想以身腰四肢的動作做為發生某種事件的象徵。但是如一味在臺上無規律的亂動也太不雅觀，聰明的民間藝人們乃定出許多種式樣來，如抬腿表示上樓、低頭表示進門等等。

西方大規模的舞臺佈置也是大都市興起以後才有的事。有了現代化的經濟制度，才有現代化的舞臺設計。所以如果我們以現代化工商業的社會做著眼點，胡亂地來批評以農村經濟做背景的平劇，是緣木求魚的，洋人之批評中國舊劇就犯了這毛病；胡適之先生也跟著說中國的戲劇藝術是在樊籠中發展的（arrested growth），這都是忽略社會背景的皮相之論。

蘭芳的導演們，不用說是基於這個傳統來替他設計改良。首先他底戲劇的內容被改絃更張，英雄美人的故事不再像「亂彈」中的俚俗，字句也有了改善。比起王實甫、孔尚任來，齊如山的〈綴玉軒詞〉是俗不可耐。但是較之亂彈中的「昨夜一夢大不祥，夢見了猛虎入群羊……」，則典雅多了。

至於蘭芳的行頭、文武場面、跳舞姿勢，也都找了歷史的張本；迷人最深的手指，也都經過深刻的研究。

亂彈中的地方樂隊不用說是被大大地改組合併，其他的古樂器也被擇優加入了。所以蘭芳的後臺不再亂彈，相反的他組織了一部中國的奏樂班，震耳欲聾的武場也有適當的約束。同時為蘭芳伴奏的樂師也都是一時之選，徐蘭園的京胡、王少卿的二胡都是國手。這一徐一王的合作，京劇乃有雙琴和五音聯彈制度的出現。梅派青衣中最出色的南梆子，幾乎就是以二胡為主、京胡為輔的。

你聽到梅曲南梆子中的「……輕移步，走向前，中庭——站定，猛抬頭——見碧——落……月色——清明——……」你就可聽出這一步改良的重要。

從世界進步的音樂觀點來看，中國舊劇中的伶人不是在以聲帶唱，而是在以舌頭唸。蘭芳固亦深知其弊，所以在他與世界進步的樂理發生接觸以後，他底發音的部位也有重大的轉變。酷好梅劇的英文《中國戲劇概論》（*The Chinese Theater*）的作者蘇格爾（A. E. Zucker）就說梅氏深受西洋藝術的影響，他把現代進步的戲曲原理吸收到中國舊劇裏面去，但卻沒有損及中國舊劇古色古香的傳統（見該書一九二五年波士頓版p.171 ff.），所以蘭芳一開口不用說一般優伶變成啞子，就是其他三大名旦也望塵莫及。

所以梅曲，就是世界上要求最苛刻的音樂鑑賞家，也不得不加以推崇的。試看他在一九三〇年離開紐約以後，勝利唱片公司中梅蘭芳唱片銷行的盛況，你就可知道的。

自然梅劇中的編導演唱也不能說沒有缺點。徐慕雲在《中國戲劇史》中就指摘梅蘭芳不應用南梆子來唱《三娘教子》。凡此非關本題，今姑從略。

蘭芳的花旦戲，經過一批文人的匠心，也有了大大的改善。他能演得既樂且淫而俗不傷雅。後來醉酒的楊貴妃比以前思凡的小尼姑也高明多了。

在《太真外傳》裏，你看在華清池賜浴之後，那玉環妃子在百花亭畔，喝得七分酒意，想起那鬍鬚滿腮的老頭子，不能不使她失望，在那白玉臺階邊，她徘徊上下，酒興催人，情難自已。她把雙手緊緊按住腰下，懶洋洋地躺在臺階上，眉尖下洩露出最淫蕩的眼光來。這時臺後的樂隊打低了調子，以二胡三絃為主，奏出一段悠揚的〈柳腰錦〉，接著板鼓篤落一下，京胡提高了調子，轉入二黃倒板，再轉頂板，她醉態酣癡的唱道：「……這真是酒不醉人人自醉，色不迷人人自迷……」這時萬縷春情自丹田內湧出，她委實不能自持了，不禁柔弱無力地舉起手來，叫道：「高——力士……卿家在哪裏？……」誰知那聰明的中國皇帝早就料到這一著。那在一旁愛莫能助的太監高力士，應聲輕輕的跪下道：「娘娘……奴才……不……不……」她再舉起手來招一招，叫道：「力——士。」

在這嬌滴滴的聲音裏，舞臺下千百個觀眾不覺都停止了呼吸。千百張「劇情說明書」被人們不知不覺地搓成無數個小紙球。性子急的男士們這時恨不得一躍上臺把高力士推向一邊；女觀眾們也同樣地局促不安起來，因為她們知道演這個痛快淋漓場面的不是女性的楊玉環，而是男性的梅蘭芳！

就在這緊張的幾分鐘內，有的女士們竟被人在手上偷走了鑽石戒指，老太爺們也有被小偷在這時割去了狐皮袍子後面的下半幅。

那坐在前排的英美公使們，也不禁緊緊地拉住他們身邊「密賽絲」們的手，輕輕地叫一聲「汪達否」。在他們洋人面前唱京戲，本是對牛彈琴，但在這場合下，縱使是牛也要為之情思蕩漾的！據說美國駐華公使芮恩施（Paul S. Reinsch）就是這樣而向徐世昌總統提議邀請蘭芳遊美的。

那在臺下看得出神的詩人易順鼎，這時也「煙絲披里純」一動，做出一首「萬古愁曲」來。他說：「此時觀者臺下百千萬，我能知其心中十八九，男子皆欲娶蘭芳以為妻，女子皆欲嫁蘭芳以為婦，本來尤物能移人，何止寰中歎稀有……吁嗟乎！謂天地而無情兮，何以使爾如此美且妍？謂天地而有情兮，何以使我如此老且醜？」

吁嗟乎！看過蘭芳的戲，而自歎「老且醜」者，新夫婦尚且不免，況易老夫子乎！真是像演《貴妃醉酒》這一類的戲，如演員們自己的秉賦內，沒有這種縱是女性也少有的浪勁，是不能體會得那樣淋漓盡致的。但是梅蘭芳這個尤物，他就能模擬得唯妙唯肖。

不過，梅郎的天賦，就只此而已哉？不！過了二十四小時，你可再看他那悠綿悱惻的《霸王別姬》。

這兒是在萬馬軍中，那個蓋世英雄的西楚霸王被十萬漢軍圍困在垓下。眾叛親離的結果，現在是四面楚歌，滅亡就在旦夕。在這種絕境裏，唯一對他忠貞不移的，便是那個隨他轉戰十餘年的妃子，溫柔多情的虞姬。可是現在這一對英雄美人已到了最後生離死別的時候了。

當繡著一株碩大梅花的繡幕緩緩地捲上時，你可看到在那連宵突圍不成、現在倦極而臥的彪形大漢的身旁，徘徊著一個我見猶憐脆弱的女子。這時是月到中天，隱約可聽出四周喊殺之聲。在這個淒涼的軍帳內，為讓他休息一忽兒，她默默地走出帳外，時當初秋天氣，真是「雲斂晴空，冰輪乍湧，好一派新秋光景……」，要不是國破家亡，這一番夜色該多值得留連……她徘徊在月光之下，心亂如絲。這時後臺的樂隊奏出了幽怨的二黃南梆子。她清晰的唱道：「……大王爺，他本是，剛強成性……屢屢地進忠言，他總不聽……」她不禁思潮起伏，愁愛交煎……。

忽然武場內敲起「東——倉」，接著便是一陣大鑼大鼓，一陣楚歌聲，敵人已殺進城來。她倉皇地逃入帳內，忙叫：「大王——醒！」

那個餘威猶在的項王，一覺醒來，知情勢已到最後關頭。現在他倆是被困在十萬軍中，項王所餘數十騎耳！挾一個柔弱的虞姬一道突圍，勢所不能，撇她而去，於心何忍。英雄有淚不輕彈，只因未到傷心處。此情此景，縱然是西楚霸王，也不禁熱淚盈眶，發出了哀鳴。那花臉緊緊地拉住她的手，悲壯的唱道：「十餘年，說恩愛、相從至此，眼見的，孤與妳，就要分離……」但是在他身邊那個依依不捨的小鳥，卻仍然凝視著他，叫著：「大……王……呀！」

也就在這一聲裏，不知道有多少個觀眾的手帕為之濕透了。

在二十四小時之內，你可看到蘭芳由一個浪勁十足的楊玉環變成一個以身殉情的虞姬。這是人類性靈中相反的兩面，但兩個都達到了極端，沒有這種天賦的人，是模擬不出的，而蘭芳的秉賦中便蘊藏著人類性靈最高境界中的無數個極端。所以他無論模擬哪一種女性美，都能絲絲入扣，達到最高峰。

那些只會「擁而狂探」（用沈三白語）的碧眼黃鬚兒，對我們以男人扮女人的舊劇搖頭長歎，那只能怪他們自己淺薄，不就是他們所看非人。試問今日天下有幾個女人，比我們的梅蘭芳更「女人」？如果女性演起來，還沒有我們男性的女人夠勁，那憑什麼女人要獨霸女性的藝術。

你看那以《甥》、《紡》出名的梅郎女弟子，言慧珠、童芷苓，和五十多歲的師傅同時在上海登臺，青不能勝於藍，就是明證。

民國初年，北京女伶之禁大開，但是千百個女伶，就是這樣地在蘭芳面前垮下去了。一九一七年二十七萬的北京觀眾把蘭芳選為全國第一名旦。如在清末他就是「花國狀元」了。

同年，那與我們有同好的日本人，重金禮聘，把蘭芳接到東京去。在那輝煌燦爛號稱遠東第一的東京大舞臺開幕典禮中第一個捲簾而出的不是旁人，正是我們的梅蘭芳！

在日本幾個月的勾留，六千萬的日本人為他瘋狂起來。本來事也難怪。須知那坐在第一號包廂內的皇后和公主們所穿的服飾，也不過是那被三萬日本派往唐朝的留學生帶回去的、長安市上婦女所穿的式樣罷了，和我們長生殿內楊貴妃所穿出來的「官樣」如何能比。

男子不必提了。日本少女們則尤為之顛倒。蓋日本女子本即羨慕支那丈夫，蘭芳一來正搔著癢處。她們被弄得如醉如癡。有的乾脆痛快淋漓地寫起情書來。那些芳子、蕙子們把蘭芳哥哥叫得甜甜蜜蜜。梅郎返滬後，她們好多都喪魂失魄，整日價愁思睡昏昏。由於日本仕女對蘭芳的愛慕，日本權貴於一九二四年，又把梅郎請去一次。東京不比紐約，梅氏在日本是可長期演唱的。但梅郎究竟不是櫻花，東瀛何福消受。他之匆匆去來，真是留得扶桑，薄倖名存。

日本歸來後，不用說蘭芳已是遠東五萬萬人所一致公認的第一藝人了。但是就在蘭芳東渡之前，他已是北京罕有的「闊佬」了。民國三四年後，梅氏每天的收入是自五十元至一百元不等，至於千元一晚的特別演出還不在計算之列。外交宴會、紳商酬酢，幾乎非有蘭芳出演便不能盡歡。到北京遊覽的外籍遊客非一訪梅宅不能算到過北京。瑞典皇太子格斯脫（S.A.R. Prince Gustavus Adolpho）、印度詩人泰戈爾均曾踵門造訪。生意經最足的美國華爾街大亨，對梅氏也一擲千金無吝色。一九一九年美國一批銀行家結隊做北京之遊，請蘭芳演唱了三十分鐘，他們便奉贈酬金美鈔四千元。論鐘點算這恐怕是世界上藝人收入的最高紀錄。那在一旁看得目瞪口呆的美國窮文人蘇格爾說這是千真萬確的，因為這個數目就是開這張支票的人告訴他的。須知那善於把「生意當生意做」（Business is business）的美國大亨是最考究一分錢一分貨的，如果無所獲，他們是拔一毛而利天下不為也。

但是這時的梅蘭芳沒有因成功而自滿。或是因多金而以富貴驕人。他孜孜不倦，勤於所習。在北京深居簡出。外人在舞臺之外，很少看到他。歐美畫師，想替這位名人畫一兩張速寫像也很難如願，據說是因為梅郎羞怯，不願多見生人。

他於練習本行技藝之外，也勤於習字畫畫。蘭芳寫的一手秀如其人的柳字，也能畫幾筆疏影橫斜的梅花，出手都很不俗。

他不煙不酒，起居飲食甚有規律，私生活十分嚴肅。對他一舉一動最好獵奇的歐美記者，也都說他沒有沾染絲毫不修邊幅的習慣（bohemianism），並且和他接談之後，大家都有個共同印象，說他像一個極有修養的青年學者。

不過蘭芳究竟是一代風流人物，於兩性之間，難免也有佳話流傳。被動的不算，主動的則有他與余派鬚生名坤伶孟小冬的戀愛故事，這是盡人皆知的。為此蘭芳家庭中也曾鬧倒過葡萄架。那為蘭芳作筏的人，也因此在臉上被抓出個永誌不忘的疤。這些，在蘭芳出身的社會裏，本是賢者不免的事，不必大驚小怪。

就在這樣平凡而不平凡的生活裏，蘭芳在北京一年年地過下去。他的身價自然是與他底唱片一樣，與日俱增。但在他底歌聲裏，世界和中國的政局，都有了滄桑之變，尤其是「北京王」的興衰。短短的十來年內，他看過袁世凱、張勳、曹錕、吳佩孚、段祺瑞、馮玉祥……的此起彼伏。但每個北京王對他總都有著同樣的愛護，蘭芳對他們當然也無心拒客。至於後來人傳說他與二張——張作霖、張宗昌——的特殊關係，則難免言過其實耳。

歲月不居，革命的浪潮終於衝到華北，北伐軍於一九二八年進了北京。北洋軍閥便連根結束了。北京改為北平以後，蘭芳才第一次掙脫了與中央執政者的直接關係，其後他才逐漸掌握了自己的命運．不再受達官文人們操縱了。

國民政府定鼎南京之後，蘭芳出國獻藝之舊念復萌，於是乃正式籌備起來。為適應西方觀眾的嗜好，為啟發他們對東方藝術的認識，蘭芳的舊劇需要徹頭徹尾的整理和改編，任務之繁重，自不待言。

而其中最重要的，卻是要把中樂西譜，以便洋人按圖尋聲。北京大學音樂系的劉天華教授乃接受了這一項繁重的工作。經過一批中西樂家的長期合作，劉教授把蘭芳的幾支名歌都五線譜化了。西皮譜入F調，二黃譜入E調，南曲則譜入D調。一板三眼，自然是四分之四拍……毋待多言。

不過皮簧唱起來，有好多地方是不拘拍節的，也可說是有眼無板吧。如搖板、散板，乃至倒板等，伶人之開口前，樂隊的指揮——板鼓師——就掛起了雲板，以雙手打板鼓，隨唱者聲音的高下緩急無定。而唱者也可以盡量發揮天才，不受拍節的拘束，這是京劇上的優點之一，但是五線譜卻無法譜出。還有如京劇中唱西皮慢板是中眼起、中眼落，而不起初板，這與五線譜的格律也有格格不入之處……凡此，劉教授都別出心裁地把五線譜中國化了。然後再用中英文分別印出。另外北平的一些詩人學者名流幾乎全部動員捧起場來。黨國元老李石曾，和五四時代反對舊劇最力的新詩人劉半農，都特地撰文為國樂和舊劇辯護。在這一批新舊兩派文藝學人的通力合作之下，這才把平劇真正的國粹化了。

經過年餘的籌備，蘭芳終於一九三〇年終，偕了二十一名同行，登輪赴美了。在上海歡送的也是一時名流碩彥。

紐約這邊，由美國故總統威爾遜的夫人領銜也組織了一個贊助委員會。這時太平洋兩岸人士都拭目以待這個東方藝術考驗時日的到來。

沿途經過一番熱烈的歡迎，蘭芳一行，乃於一九三〇年二月八日到了這五洋雜處、世界上第一個繁華的大城——紐約。

蘭芳抵紐約後，下榻於潑拉莎大旅館（Hotel Plaza）。在這同時期來美的尚有日本及西歐各國的演員。但紐約的新聞界則對梅劇團較為注意，這不是因為他名震遠東，也不是因為他後臺有美國名流的贊助，最主要的還是因為他以「男人扮演女人」的「怪事」。

在一番例有的酬酢之後，梅劇團乃正式訂於二月十七日紐約百老匯第四十九街大戲院（The Forty-ninth Street Theater）上演。

在這紙醉金迷的紐約，這一考驗真是世界矚目，除卻巫山不是雲，紐約人所見者多，一般居民的眼光，都吊得比天還高。好多美國親華人士，在蘭芳上演前，都替他捏把汗。

在出演前兩天，那一向自認為是一言九鼎的《紐約時報》，對蘭芳的報導便吞吞吐吐。《時報》的兩位劇評家厄根生（Brooks Atkinson）和麥梭士（Herbert L. Mathews）對蘭芳在遠東的成就曾加推崇，至於將來在紐約的前途他人都不敢預測。《時報》並以半瞧不起的口吻告訴紐約市民說，你們要看東方的戲劇，就要不怕煩躁，若躁了，朋友，你就出去吸幾口新鮮空氣……云云，又說梅氏扮成個女人，但是全身只有臉和兩隻手露在外面（Only face and hands free）。這顯然是說看了縱橫在海灘上十萬隻大腿還不過癮的紐約人，能對這位姓梅約有味口嗎？哼……

看這味兒，梅氏還未出臺，這紐約的第一大報，似乎就已在喝倒彩。這一次是蘭芳有生以來第一次沒有把握的演出。他自己當然是如履薄冰，不敢亂做廣告，在任何場合，他總是謙躬地說是來新大陸學習的。中國藝術雖然是博大精深，而他自己卻是中國的末流演員，如演出成績不好，那是他個人技藝太差所致。

二月十七日晚間，他在紐約正式上演了。這天還好算是賣了個滿座。第一幕即由蘭芳親自出馬。那是一齣由《汾河灣》改編的《可疑的鞋子》（Suspected Slippers），是薛仁貴還窰後看見柳迎春床下一雙男人的鞋子而疑竇叢生的故事，在那中國女譯員楊秀報告了劇情之後，觀眾好奇的笑了一陣。

這是一個丈夫出去十八年還沒有改嫁的中國女子的故事。那穿著個布口袋黃黃瘦瘦的中國女郎們，紐約人是看慣了的。這天晚間他們是好奇地在等待另一個黃黃瘦瘦中國女郎的出現。

戲院中燈光逐漸暗下來，一陣也還悅耳可聽的東方管絃樂聲之後，臺上舞幕揭開了，裏面露出個光彩奪目的中國繡幕來。許多觀眾為這一幅絲織品暗暗叫好，他們知道哥倫布就為尋找這類奢侈品才發現美洲的。

繡幕又捲上去了，臺上燈光大亮，那全以顧繡做三壁而毫無佈景的舞臺，在燈光下，顯得十分輝煌。這時樂聲忽一停，後帘內驀地閃出個東方女子來，她那藍色絲織品的長裙，不是個布口袋，在細微的樂聲裏，她在臺上緩緩地兜了個圈子。臺下好奇的目光開始注視她。

只見她又兜了個圈子到了臺口。那在變幻燈光下飄飄走動的她，忽地隨著樂聲的突變在臺口來一個Pause，接著又是一個反身指。這一個姿勢以後，臺下才像觸了電似的逐漸緊張起來。

也就在這幾秒鐘內，觀眾才把她看個分明。她底臉不是黃的，相反的，她底肌膚細緻的程度，足使臺下那些塗著些三花香粉的臉顯出一個個毛孔來。

她那身腰的美麗、手指的細柔動人都是博物館內很少見到的雕刻。臉蛋兒不必提了，蘭芳的手是當時美國雕刻家一致公認的世界最美麗的女人的手。

這時舞臺上的她，誠然全身只露出小小的兩個部分來。然而這露出的方寸肌膚已如此細膩誘人，那未露出的部分，該又如何逗人遐想呢？

音樂在臺上悠悠揚揚地播出，「兒的父，去投軍……」他們是不懂，但是聲調則是一樣的好聽。她那長裙拂地的古裝，他們也從未見過，但是在電炬下，益發題得華貴。

臺上的她愈看愈貴族化起來，事也難怪。她原是個東方的貴族，相府裏出來的小姐。你看看臺下那一個個呆若木雞、深目多鬚的傢伙，原只是一群虬髯客和崑崙奴。相形之下，她的雍容華貴，不是良有以也嗎？

隨著劇情的演進，臺下觀眾也隨之一陣陣緊張下去，緊張得忘記了拍手。他們似乎每人都隨著馬可孛羅到了北京，神魂無主，又似乎在做著「仲夏夜之夢」。

直等到一陣鑼聲，臺上繡幕忽然垂下，大家才蘇醒過來，瘋狂地鼓起掌來，人聲嘈雜，戲院內頓時變成了棒球場。直至把她逼出來謝場五次，人聲才逐漸安定下來。

這晚的壓軸戲是《費貞娥刺虎》（The End of the "Tiger" General）。這一齣更非同凡響，因為這時臺上的貞娥是個東方新娘。她衣飾之華麗、身段之美好，允非第一齣可比，臺下觀眾之反應為如何，固不必贅言矣。

曲終之後，燈光大亮，為時已是夜深，但是臺下沒有一個人離開座位去「吸口新鮮空氣」的。相反的，他們在這兒賴著不肯走，同時沒命地鼓掌，把這位已經自殺了的貞娥逼出來謝場一次接著一次，來個不停。尤其是那些看報不大留心的美國男士們，他們非要把這位「蜜絲梅」看個端詳不可。

最初蘭芳是穿著貞娥的劇裝，跑向臺前，低身道個「萬福」。後來他已卸了裝，但是在那種熱烈的掌聲裏他還得出來道謝。於是他又穿了長袍馬褂，文雅地走向臺前，含笑鞠躬。這一下，更糟了，因為那些女觀眾，這時才知道他原是個「蜜絲特」。她們又非要看個徹底不可，她們並苦苦地央求他穿著西服給她們看看。

須知亂頭粗服，尚且不掩國色，況西裝乎。女要孝，男要皂，穿著小禮服的梅郎，誰能同他比。觀眾們這時更買來了花，在臺上獻起花來，臺下秩序大亂，他們和她們不是在看戲，而定在鬧新房，並且還要鬧個通宵。

最後還是戲院主人出來，說梅君實在太疲乏了，願大家明日再來，群眾始欣然而散。綜計這次蘭芳出去謝場竟達十五次之多。

一對當時在場參加鬧新房的美國夫婦，在二十年後的今日，和筆者談起這事來，還眉飛色舞不止。

第二天早報出來後，紐約就發起梅蘭芳熱來，這個「熱」很快的就傳遍了新大陸。

紐市第四十九街的購票行列，不用說是繞街三匝，紐約的黃牛黨也隨之大肆活躍，黑市票賣到二十多塊美金。最初梅劇團的最高票價是美金六元，後來也漲至每張十二元（這是一九三〇年的美鈔）！

紐約人本是最會使用白眼的，但也最善於捧場，蘭芳於二月十七日一夜之間便變成紐約的第一號的藝人，以後錦上添花的事情就說不盡了。

他原計畫在紐約獻演兩個禮拜，後又增加至五個禮拜。蘭芳的豔名，這次是從極東傳到極西了。這時他又成了紐約女孩子們愛慕的對象，她們入迷最深的則是梅君的手指，他的什麼「攤手」、「敲手」、「劍訣手」、「翻指」、「橫指」……都成了她們模擬的對象。你可看到地道車上、課堂上、工廠內、舞場上……所有女孩子們的手，這時都是梅蘭芳的手。

有的女孩子們，能拿了一束花，在梅氏旅邸前的街道上等他幾個鐘頭，最後灑他一下，然後羞怯地逃走的，使我們想到中國古代擲果盈車故事的真實性。

紐約更有某名媛為愛慕梅氏，曾想盡千方百計，最後才能把梅氏請到她郊外的私邸中去做一宵之談。她因為梅氏這時是三十六歲半。因特地手植梅花三十六株，為梅郎祝嘏。這時她底心目中，不消說自然是「一願郎君千歲，二願妾身長健」了。

在紐約的五個禮拜之後，蘭芳在美的聲名大奠。以後所到之處，無不萬人空巷，沒有警車前導就不能舉步。他由紐約而華府，而芝加哥，而舊金山，而好萊塢，而洛杉磯，沿途所受歡迎盛況空前。

就當蘭芳訪美之行已至尾聲時，美國西部兩大學——波摩那學院（Pomona College）和南加州大學（Southern California University）——分別於五月底六月初旬贈予蘭芳名譽博士學位。於波摩那的授予典禮中蘭芳並曾發表過動人的演說。

梅氏之榮膺博士頭銜，國人之闇於西方學制者每有微詞。有人甚至說「海外膺銜博士新，斯文掃地更無倫」。殊不知美國大學此舉是十分審慎的，那與校譽與學生出路皆有重大關係。被贈予者須先經輿論界與學術界一致認可，則學校當局始敢提議。蘭芳在紐約之演出，紐約人多少還拿幾分生意眼看他，說他生財有道。因為在紐約掘金世界馳名的百十個戲子中，梅君不過其中之一耳。

可是在梅氏出演的幾個星期之後，他的營業性卻漸漸為學術性所代替。其後沿途招待蘭芳的，學術界佔了最重要地位，試看哥倫比亞、芝加哥、加州等名大學教授會的歡宴，各大學校長、博物館長與蘭芳往還的名單以及紐約國際公寓（International House）歡迎會中世界各國的留美學生對他的評論，你就知道他底博士頭銜並不是偶然得來的。蘭芳在美享名是自東而西的，所以贈予他博士頭銜的光榮，就屬於西方兩個大學了。

筆者寫到這兒，不禁擲筆興歎。試看梅蘭芳的一生，有幾個「上流」人士曾真把他當做個偉大的藝術家來崇敬過？有之，則是這一班美國大學裏的老教授們罷了，何怪他每提到波摩那便面有喜色呢！

梅蘭芳遊美是中國現代史上的盛事。齊如山君雖曾出版過一本《梅蘭芳遊美記》，而當時想無專人主其事，外國語文似亦未能純熟運用，以故齊氏的小冊子寫得十分潦草，而且錯的地方也很多。筆者曾將英文資料稍事翻閱，唯以事忙無暇深入亦殊以為憾耳。

當一九三〇年夏季蘭芳自海外載譽歸來時，祖國已殘破不堪。翌年東北即陷敵，故都城頭上的敵機更是日夜橫飛。接著又是一二八淞滬血戰，倭患日亟。北平距敵人槍尖最近，居民無心看戲，有錢人紛紛南下。因之梅氏演戲的對象亦轉以南方為重。他帶著他底劇團隨處流動。這時已沒有張宗昌一流的軍閥和他為難，他過著自由職業者的生活。政府對他不聞不問。但是北方畢竟是梅郎的故鄉，那兒有他底祖宗廬墓、親戚故舊。逢年過節，那兒更有大批挨餓的同行在等待著他的救濟。祖師爺廟上的香火道人，也在等著梅相公一年一度的進香。

所以每次當蘭芳所乘的飛機在南苑著陸時，在那批名流聞人和新聞記者的後面總是站著些鬚髮皓然、衣衫襤褸的老梨園。在與那些「名流」階級歡迎人員握手寒暄之後，蘭芳總是走到這批老人們的面前，同他們殷殷地握手話舊。他們有的是他父執之交，有的是他底舊監場，現在都冷落在故都，每天在天橋賺不到幾毛錢，一家老幼皆掙扎在飢餓線上。他們多滿面塵垢，破舊的羊皮袍子上，蝨子亂爬，他們同這位名震全球的少年博士如何能比！

當他們看到這位髮光鑑人、西服筆挺的美少年時，不由得都一齊蹲下「打千」向梅相公「請安」。蘭芳總是倉皇地蹲下，把他們扶起。對他們噓寒問暖，總是滿口的大爺、老伯、您佬……像一個久別歸來的子侄。二十年前舊板橋，今日的梅浣華博士還不是當年在他們面前跳來跳去的梅瀾嗎？

你怎能怪，當梅氏的汽車一響，那批天橋人都扶老攜幼地圍攏過來，老人家們更叫過孫子來向梅叔叔叩頭兒！每逢嚴冬蠟月，當蘭芳把孝敬他們的紅色紙包兒（那裏面的蘊藏往往超過他們幾個月的收入）遞過去時，你可看到那些老人們昏花的眼角內湧出絲絲的熱淚，透過蓬鬆的白色鬍鬚，滴到滿是油漬子的破皮袍子上去。

梅蘭芳是何人？他是全球矚目的紅星，是千百萬摩登青年男女的大眾情人。但不要忘記，他更是這批老人家們的心頭肉、掌上珠呢！

就在這時國際政潮有了波動。蘇聯禁不起日寇的壓力，把中東路賣給了偽滿，這一個國際間的無恥行為，引起了我國全國上下的憤慨。斯大林為沖淡中國人民的反蘇情緒，特地電邀梅博士和胡蝶女士一道至莫斯科演技。於是蘭芳乃有一九三五的訪蘇之行。

政治儘管總是醜惡的，藝術畢竟還是藝術。梅氏資產階級的藝術，對那無產階級國家的國民，也居然有空前的號召力。莫斯科大戲院前排隊的群眾，不下於紐約的四十九街。遲至一九四九年那奉命東來指導中共劇運的蘇聯的劇作家西蒙諾夫還不得不說：「過去梅蘭芳先生在蘇聯演出引起了絕大興趣，其影響至今不衰。」（見一九五〇年中華書局版《人民戲劇》第一卷第二、三期第五十頁）。

在蘇聯的演出，又獲得另一佐證，那就是一個真女人——胡蝶，在一個假女人面前甘拜下風了。那布口袋上一個小酒渦（德國人為胡蝶所作的漫畫）的魔力，遠沒有梅氏的大。她至多吸引了些異性的眼光，不像蘭芳之受兩性愛慕也。胡蝶的〈夜來香〉不用說更抵不上梅氏的南梆子了。

蘇聯歸來後，國難益發嚴重了。二十六年夏季、倭寇果然發動了全盤的侵華戰事。故都瞬即淪陷。這一隻近百年來受盡屈辱的睡獅，這時忽然發出了近千年來罕有的吼聲，抗戰開始了！

而這時政府也為這抗日的萬鈞重擔壓著喘不過氣來，故亦無暇來發動這批藝術家了。在這存亡絕續的關頭，不是為著抗日，誰還有心在後方唱戲！於是蘭芳只好隨著逃難的群眾，避到香港去。所以以後在報紙上除偶爾看到點「梅郎憂國」的消息之外，他是不唱戲了。

戰局一天天地惡化，我們長江大河般的鮮血，抵擋不住敵人野蠻的砲火。幾十萬、幾百萬的青年在前線前仆後繼的倒下去，一座座莊嚴雄偉的古城被敵人野蠻地炸毀了。在二十七年冬際我軍終於退出武漢，抗戰到了最艱苦的階段。

就在這時期，那意志薄弱的汪精衛受不住了。他心一橫，向敵人投降過去。最無恥的是他還要演一幕「還都」的醜劇。為表示抗戰「結束」了，他要來歌舞昇平一下。而梅郎當然是歌舞昇平最好的象徵，於是他著人向梅氏說項。

可是這批漢奸這次卻碰到了相反的結果，受到梅先生的痛斥，為表示決心，在幾個禮拜內，蘭芳在他那白璧無瑕的上唇，忽然養起了一簇黑黑的髭鬚來！

當「梅郎蓄鬚」的消息被大後方的報紙以大字標題刊出之後，正不知有多少青年男女看了既興奮又感慨。他們興奮的是梅先生的正氣，而感慨的則是生年太晚未能一見沒有長鬍子的梅蘭芳。

歲月如流，那萬惡不赦的日本軍閥，終於上了絞架。國府正式還都，梅郎乃又剃去了鬍子，在上海天蟾舞臺，再度登台。這時蘭芳已五十許人，他的一男一女已經也能粉墨登場而名揚報端了。這時他自己雖然還如以前一樣文秀可憐，而嗓音畢竟有了變化。他祖父梅巧玲在這年紀已經改唱釣金龜了。

有的記者問梅先生為什麼還不退休呢？蘭芳感歎的說還不是為著北平一批沒飯吃的同行嗎？但是這時窮困的豈但是北平的劇界嗎？就是梅劇團本身也很困難。老實說，沒有梅蘭芳誰又耐煩去看姜妙香、蕭長華呢？

誰知好景不長，熊熊的赤燄，很快的就燒到江南。共黨席捲大陸之後，蘭芳又隨著一批難民逃回香港。國事如麻，戰雲密佈，這時一般人推測，梅郎該又是蓄鬍的時候了。

孰料在「人民政治協商會議」準備開幕的時候，蘭芳在各方慫恿之下，終於接受了新朝的請柬，摒當到了「北京」。不久消息傳來說他也居然在聚義堂上坐了一把交椅，貴為「人民政府」的「要員」了。

天道好還，他在舞臺上叫別人「大人」叫了一生，這一次卻要讓別人叫「大人」了。於是一些政治反應非常敏感的朋友，也嚷著說梅蘭芳「靠攏」了！

甚至有許多沒有「偏差」的純藝術家們也開始為他惋惜，怪他不應把藝術讓政治來姦污了。

不過讀歷史的人則歡喜翻舊賬。試一翻梅氏個人的歷史，他自十二歲為人侑酒起，他看過多少權貴的興亡，五十年來北京王的此起彼伏，正和蘭芳舞臺上的變化初無二致。他參與過活的「老佛爺」七十萬壽的慶賀大典，他也看過死的「老佛爺」為孫殿英的士兵所屍姦；他看過洪憲皇帝的登基，他也看過袁大太子賣龍袍；他看過汪精衛刺殺攝政王，他也看過汪精衛當漢奸……眼看他起高樓，眼看他宴賓客，眼看他樓塌了。五十年來他看過北京當朝多少跳樑小醜的興亡！試問梅郎向誰「靠」過「攏」？他又拒絕向誰「靠攏」過？

君子可以欺以其方，他一向總是以為人家對他「都是善意的、寬恕的」（見《天風月刊》第一期熊式一〈家父〉一文），何況這新時代被吹得震天價響像煞有介事似的呢？「北京」是他根生土長的地方，別人有什麼理由要他也逃出祖國呢？不能忘情於故土，你又要他「曳尾泥中」豈可得乎？朋友！梅蘭芳就是《莊子》裏面的烏龜，現在是被「置諸廟堂之上」了。用歷史的眼光來分析他，同情之外，夫復何言！

試問半個世紀來，哪一個北京的當權者，不想把蘭芳視做禁臠？不過消受他的方式，則因人而稍有不同罷了？

照理，現在梅郎是受「封」了！但是朋友們，你如是梅君精神上的友人。當你翻開那本大陸上出版的《新中國人物誌》你就要生氣！他現在是被列為「首長」了，但是你看那批作家們對劉少奇、郭沫若諸「首長」是如何地恭順，而對這位梅「首長」是如何地輕蔑嘲笑，你就會怒髮衝冠的。從那些作家們的筆頭上，你也可推測出張宗昌帥府內馬弁副官們的心理來。

「靠攏」、「前進」……各種帽子別人可以把他隨便戴，但是梅郎的命運還不是前後一樣嗎？

他是我們舊家庭中一顆家傳的明珠，我們擔心它將被橫加雕鑿的命運！他不是比武訓更沒有階級意識的無產階級出身的人嗎？

蘭芳何以能佔掉武訓的上風呢？這正因梅君尚是可用之材，你不看他到北京的第一次的演出，便是「招待首長」嗎？再則就是因為他是今日四萬萬中國人中唯一有友無仇的人。誰敢「清算」他一毫一髮，小心吃不了兜著走。這就是梅君無敵的衛士。

不過他的藝術生命卻正式收場了。西蒙諾夫告訴我們祖國的劇人，要他們「反映全世界對新中國的不同的看法而告訴廣大的群眾誰是敵人、誰是朋友。」這就是我們祖國今日劇運的「方向」。

我們無心批評這「方向」對不對，我們祇覺得蘭芳在這「方向」上用不上了，因為在他底靈魂內，找不出與這相同的方向，硬要他來，那就是拉到黃牛當馬騎了。

蘭芳原是自由人，至少近二十年來是如此。他是我們光頭老百姓採桑摸魚的伙伴。現在他忽然被選入深宮了。雖然他的一顰一笑，對我們是記憶猶新，但是宮牆萬仞，永巷幽居，紅顏白髮，自是指顧間事。將來縱有機緣能再見梅氏恐怕也已面目全非了。

「恩怨盡時方論定」，有些朋友或許要認為我們不應為生人作傳，不過「若是當年身便死，此身真偽有誰知？」這兩句話只能應用在誤盡蒼生的英雄們的頭上，對一個薄命的賈元春又怎能適用呢？今日我們縱不動筆，難道三五十年後的歷史家，還能寫出什麼不同的結論來？

雲天在望。遙念廣寒深處，不知今夕是何年？寄語梅郎：在那萬里煙波之外，太平洋彼岸，還有千千萬萬的祖國男女青年在懷念著您！

【作者附記】

我們都僑居海外，閒暇太少，資料無多，故不敢言為梅君作傳，因以傳「稿」名篇。祈讀者亦千萬以初稿讀之！梅君舊遊如有所匡教，則尤所感幸者！

——一九五二年七月十四日，紐約

原載《天風月刊》第五至第七期，一九五二年八至十月

【作者註】

❶賣絕的意思是收買孤兒。

❷「習禮三月」是當時地方官吏調往京城服務，因不諳官方禮儀，需「習禮三月」，才能服官務。

俄國的蒼蠅和皮匠

逸民

我自僥倖地取得蘇聯入境簽證之後，便按規定向蘇聯官辦旅行社一次繳足留蘇聯期間的一切費用。旅費之外，食宿之資是每日每人美金十七元五角。這數目看來是很大了，但是在赴蘇旅客中，我們的費用還算最小的。因為我們是屬於參加開會的代表團，享受特別優待。普通的旅客則每人每日須付美金三十元。再者我們所享有的美金與盧布的兌換率是一元美鈔換十塊盧布，普通旅客是一比四，單費用一層，你就可想到，平時赴蘇旅行是如何不易了。

我在七月下旬，乘噴氣客機自美飛歐。客機豪華舒適，使人無旅途困頓之感。抵歐後曾歷訪英、法、荷、德、奧五國，與西方古老文化直接接觸。印象與感慨同深。八月初抵奧京維也納，此一古老城市，尤使我們熟讀西洋史的人發思古之幽情。維也納人民淳樸，頗有古風，我曾在一古色古香的飯館內。吃過一頓豐盛而精美的晚餐。菜是隨便叫的，但是侍者卻沒有留下任何紀錄。臨行付款時，任令食客向司賬員自報。該餐館雖食客盈庭，然從未聞有以多報少的酒肉騙子。我以德語和當地人民交談，無不彬杉有禮，顯出了他們深厚的文化背景。最令我不忘的，是我在餐館見有兩位阿比西尼亞的黑青年，挾一位容貌美麗、儀態大方的奧國女子，一起用膳，旁邊無一人投以驚奇的眼光，此事不特在巴黎倫敦不可能，就是在「前進」的社會主義國家，亦無此可能。總之維也納給我的印象是難忘的。

八月六日，我自維也納乘蘇聯 Aeroflot 航空線之噴氣客機直飛蘇聯之基輔。同行者有土耳其、匈牙利兩國赴蘇開會之代表數十人。我們本可直飛莫斯科，據說因天氣關係，我們須在基輔住一夜，基輔一宿，給我印象甚深，因為這是我進入一個共產主義國家的第一夜。

基輔機場在城外。旅客上下飛機、出入機場，均雜亂無章。機場四周亦不見規章條例字樣，旅客與非旅客穿來插去，毫無秩序。最奇怪的是機場服務人員，均有十足的中國舊式官廳的衙門氣，無人勇於任事，無人敢負責任。旅客發生疑難問題，去向服務人員求解決，服務人員總是你推我、我推你，大打官腔。我們便在他們的官腔中被送進不同的部門，大兜圈子，芝麻大的問題，也得不到解決。這與西方商營航線，為招覽顧客，對旅客服務唯恐不周的情形，判若天壤。在赴蘇之前，便聽說社會主義國家內，「紀律」與「效率」都是最高的，現在才發現耳聞不如目睹。這可能也是「自由競爭」和「國家獨佔」二制度的利弊所在。

在機場匆匆吃點東西，便由旅行社招待入城過夜。我們的住處是一所新建的中學。它底奠基石上「1960」字樣皇皇在目。但這學校的建築工程卻十分粗糙。我們被招待在宿舍內暫住，三人合住一間。時值盛暑，我們安頓下來第一件事便是喝水，第二便是盥洗。我們每人的床前都有水瓶一隻，供給飲用冷水。但是揭開一看，水上都有一層浮土，顯然是為時已久。未曾用過，我們雖口渴如焚，卻無人敢喝。

盥漱室尤其不能用。自來水喉既銹又髒。且泰半無水流出，抽水馬桶，大半皆不抽水，多人用後，其臭難當。但是在當天最令人不能忍受的卻是飢餓。我們自下午四時在機場吃過點東西之後，至夜半十時，仍無食物供應。所幸我們同行的有兩位匈牙利代表精通俄語，一位同機的俄國律師精通英語，我們通過他們三人，向旅行社執事人交涉。最後總算找到一位負責的女「同志」。我們向她交涉，說，我們來蘇，預付如此高價，何以現在連一片麵包也看不見呢？

最感不平的是兩位美籍「普通旅客」，他預付的是三十元一天的費用。這在世界其他各地旅行，真可住進皇宮了。他們的費用收據單上也註明，在抵俄之日住食都應是「最上等」，但是他兩人現在也和我們一起挨餓。

那女「同志」看到這單據後，便將信將疑問道：「你們真付三十美元一天嗎？」「那是你們政府規定的，我們只有照付！」兩個美國佬張大著眼睛看著她。

「這樣挨餓的豪華旅客！」她說著大笑。因為她看到我們這狼狽相，和單據上的規定相差太遠了。我們也情不自禁地大笑一陣。

最後由她率領我們入一地庫，等了許久，每人才分得一些俄國香腸。在取食之前，她宣佈說「這些東西是屬於每一個人的，請大家自助！」這一句是他們共產主義國家的格言，你當然也可說它是「八股」。

她一聲號令，我們便餓虎撲羊地大嚼一頓。

第二天起床後，問題又發生了。因為這裏的廁所，不供給手紙。大家無法，最後總算又找到一位「同志」。他在四處搜尋之後，最後給我們找來了一些已印而未用的戲院門票，權充手紙。我們迫不及待，只有各人分得數張戲票，權把廁所當戲院魚貫而入。

洗漱完畢，我們乃搭車赴機場，乘原機飛莫斯科。誰知基輔一宿，我們的飛機卻變成蒼蠅的旅館。機內蒼蠅，足足有數百隻之多。它們自然也和我們同飛莫斯科。這數百個新來的無票乘客，給我們的困擾可大了，揮之不去，打不勝打，再加上同機的多半是白種人，白種人如一天不洗澡便狐臭難當，二者相得益彰，令人作嘔。這些蒼蠅顯然都是社會主義下的產物，因為它們都是從基輔上飛機的，在維也納時卻一隻也沒有，這也許因為奧國是資本主義社會，蒼蠅不許無票登機。

飛機抵達莫斯科時，天上正下著大雨。莫斯科機場甚小，旅客眾多，處處都擠得滿坑滿谷，秩序之紊亂，與前晚基輔情形完全一樣。機場內辦事人員之缺乏效率與衙門作風，也與基輔不相上下。我們是屬於所謂「代表團」，過關手續照例很簡單，但是仍然等了三個鐘頭始能踏出機場，乘車赴莫斯科。

從莫斯科機場至莫斯科城約十餘英里。公路並不寬，而路上卻有很多大卡車在徐徐開行。這些卡車全似二次大戰時所用的一二噸的舊卡車（如紐約遍地皆是的十噸大卡車我在俄國未見過一輛），行動緩慢，阻塞了公路，我們的車子足足開了一小時才達莫斯科城區。

我們被招待住在「新莫斯科」區內最華貴的烏克蘭大旅館。所謂「新莫斯科」，便是二次大戰後，俄國人擴建莫斯科，在舊市區之外加建一新市區。這一市區內的馬路，較舊區馬路為寬，建築物也都是新造的，所謂新莫斯科，與舊城一河之隔。我們的旅館就在這新市區之中。

到達旅館之後，又是一套排隊登記手續。護照不用說全給收去了。而其他表格與單據之多，填不勝填，尤令人發昏。我們在莫斯科停留，一日三餐皆憑票吃飯。早餐飯票總值是十盧布，中餐他們叫「正餐」（dinner）總值二十盧布，晚餐十八盧布。客人如果吃過了飯票總值，則需另外自己出錢。

這個旅館確實很華貴。睡房很整潔，洗手間也很乾淨，但是一切建築工程之粗糙，也隨地可以看出。例如洗手間的磁磚，以及走廊上的大理石，鑲砌得極不勻稱，上下線縫往往參差不齊，大理石間的縫很多破損如犬齒，經不起細看。再者，洗手間的抽水馬桶，抽水之後，要高聲嘶叫達數分鐘之久，似向用客抗議，這顯然是建造時水管設計欠考究所致。像這樣的建築，西方資本主義國家的營造公司是不敢建的，建了，驗收的機關也不會接受。在蘇聯可能因造收雙方皆是官府，官官相護，便馬虎從事了。

在新莫斯科區，蘇聯政府最近曾造一住宅區，全係七層至十層的樓房，一眼簡直看不到邊。據說四口之家可以申請到公寓兩間。公寓之後，且有草皮花園。這些房屋在外貌上看還算整齊，內部設備如何，若證之以在基輔中學和烏克蘭大旅社所見，可能不會太好。

再者烏克蘭旅館內所有面盆皆無止水的塞子，客人盥漱，只有一任細水長流，十分浪費，若是私人經營的旅舍，成本會計師就必然要注意到這一浪費現象了。

我在烏克蘭旅館住了好幾天，每天憑票吃飯，終歸吃不飽，只有臨時以盧布加買購食物的票子，點菜吃。有時票子買多了，菜點的不夠，司賬員照例可以找錢。孰知社會主義國家的茶房，還比資本主義國家的侍者更會打算盤，司賬員找回我的「票子」，都被這些茶房老實不客氣的裝入他們自己的荷包。這批俄國茶房，要錢如命，我以前便聽說社會主義國家為尊重人的尊嚴，茶房均不收「小費」，誰知大謬不然，蘇聯茶房，不但明要，客人給少了，還要吵鬧。至於我們這些從西歐去的旅客所帶香煙等，這些茶房老爺便老實不客氣和我們共起產來，隨便取用。至於他們的服務態度之壞、做事之無效率，都是西方國家中所少見的。俄國人之粗野無禮貌，也是出人意料之外的事。我們在基輔，曾有附近的孩子來索取紀念品，我們給他們東西，也從未聞一聲「謝謝」。在莫斯科的情形，亦復如是。一般俄國人對物質享受慾望之高，實比資本主義國家中的人民有過之而無不及。

我們在莫斯科街上很快便被俄國黃牛黨發現，時時來糾纏，要我們兌換黑市盧布。我們一塊美金，可換二十盧布，據說有人且換到三十以上。但是我們食宿費已預付，又無東西可買，實沒有換取太多盧布之必要，所以黃牛黨對我們未做到太大的交易。

還有更令我奇怪的，是一天早晨一個土耳其佬向我抱怨說，昨夜未睡好，原來他住的是單人房，昨夜一點鐘時，為一俄國妓女來敲門而驚醒不能入睡。這位土耳其仁兄含笑對我說：「她同我糾纏很久，我一再說對女子無興趣，她才懊喪地去了。」這土耳其先生可能並不是柳下惠，他拒美的真正原因，是他恐怕這女子不是妓女，而是赫魯曉夫先生派來的間諜（此事後來在列寧格勒亦曾發生）。

我們在莫斯科大學總共開了四天的會，會址是在化學院內。在蘇聯的大學裏，化學不屬於理學院，卻另成一院（記者按：今日中共的北京大學也是如此），有學生二千餘人。全校學生有二萬四千餘人，據說入學考試競爭激烈，蘇俄青年均以能入莫斯科大學為榮。中共留學生在此校亦甚多，但我們都未見到。莫斯科大學建築巍峨，令人羨慕。

莫大對面有一塊樹木葱蘢的園地，其中也有一座規模極大的白色大理石的建築。那便是中共駐蘇大使館，氣派之堂皇，遠非其他任何國家大使館可比擬。離大使館不遠，又是一所大理石的建築，也十分堂皇，那便是中共在莫斯科經營的北京飯店。據說其中名貴的北京鴨和廚師，都是從北京飛來的，豪華鋪張，無與倫比。一看這種氣派，你便可想到，十年來的中共政權，是如何地鋪張浪費，好大喜功。

至於我們開會的情形，我想免談了。一言以蔽之，俄國人對「漢學」研究的程度，還停滯在歐美五十年前的狀態。他們的著作，很少值得一看。有些很有名的漢學教授，甚至連「方志」是什麼東西也不知道，其他方面，更無論矣。不過他們對蒙古與中東史，卻有獨到之處，非他國所能及。其國立博物院對這一方面文物之收集，亦最豐富，可能是世界第一。

開會之暇，我們便被領到各處參觀，最吸引人注意的當然是克里姆林宮。不過在這一方面，別人寫的太多，毋庸我再來贅述了。

數日小住，我對莫斯科的一般印象是很壞的。最壞的是當地居民的物質慾望特高，他們對個人生活改善之追求，遠甚於西歐和北美。那一種資本主義的心理，足令自資本主義世界來的人也感覺厭惡可鄙。一位在英國大使館任職數十年而精通俄語的老太太向我說，俄國街頭市民、公務員等，整日有興趣而不絕於口的事，便是如何多找得幾張Coupon（購物券），他們對個人及其家庭生活改善要求之迫切，重於一切。證以我數日所見，似非虛語。

莫斯科更有一件令人生厭的事便是「等級觀念」（也可說是「階級觀念」），凡事皆以等級來衡量。旅館、食堂、火車、飛機，頭等客處處受人重視尊敬甚至阿諛，二三等則往往要受閒氣，在烏克蘭大旅館內，點菜吃的餐廳有樂隊、有歌女，茶房也比較客氣。吃包飯的便難免受冷落了。在這種號稱階級消滅的國家裏，人民對等級這樣重視亦誠費解。這和在沒有貴族的美國，小姐們特別歡喜嫁王子可能是同一心理。

在我居留數天的印象中，我認為莫斯科非可居之城（not a livable city）。它有居民、有工作，而無生活，住下去是會窒息死的。我說這話，不是替我自己作客生涯說的，而是我對他們城市生活的觀察。

在會期之後，我對莫斯科毫不留戀的便離開了。我們的噴氣機直飛列寧格勒，飛機上仍然是蒼蠅亂飛。列寧格勒原名聖彼得堡，是帝俄的故都，這城市遠比莫斯科有人情味，街上熙攘往來，還像個城市，不像莫斯科像座無人的死城。

我們被招待在波爾迪克大旅館居住。這旅館的建築十分古老，電梯只可容一人上下，旅客上樓要擺長龍，個別上升（下樓不許用電梯）。列寧格勒雖然是蘇聯第二大城，但是二次大戰後，未造一座新建築。我們住的旅館在列寧格勒已算是摩登建築了。睹此我們也可知蘇聯放人造衛星也實在是打腫臉充胖子。它的工業建設和國民經濟，還不足與放射太空船相配合。盡全國之力，向一點發展，竭澤而漁，終非百年之計。

我在列寧格勒曾發生一件有趣的小事。一次我一隻皮鞋的後跟，不知如何脫落了。逆旅主人派工人帶我去皮鞋店修理。此店每晚開至八時，有皮匠七八人之多，皆閒坐聊天，無所事事。他們見我是美洲來的旅客，便群起而來討香煙抽，我的一包「三九」便被他們共產了。

這些皮匠中有一人能操德語，便用德語和我聊天。他首先說：「你來俄國參觀，應知俄國是強大的！」

我說：「我是中國人，你應知道中國更強大！」

他把兩手一抱說：「中俄今天是朋友。」

我說：「你們地大人少，我們有六億人口，土地住不下，你們把西伯利亞還給我們好不好？」

「六億中國人，哦呀……」這皮匠「同志」雙手把頭一抱大叫起來說：「你們中國人不能侵略西伯利亞。」

我索性開玩笑到底說：「不論你們讓不讓，我們將來必然要來的！」

當這皮匠把德語譯成俄語時，其他皮匠也大叫不可。我們一場國際交涉，辦得好不熱鬧。

這雖是件小趣事，但是據同行的許多來自東歐熟悉俄國的老手均對我說，中共對蘇聯，架子大的不得了，大有後來居上、瞧不起「老大哥」之概。一般蘇聯人，現在已隱隱然以「黃禍」為慮。我在蘇聯雖只有幾天的旅行，我看他們那一股懶散的樣子，俄國人認為「黃禍」可慮，也倒不是杞人憂天。

我離開這皮匠店時，能說德語的皮匠司賬，計修鞋費四盧布，但是他卻為那個做工的皮匠代索小費三盧布和我菸匣中剩餘的香菸。至於我所要的西伯利亞，他卻絕對不給。

我在列寧格勒曾參觀博物館和彼得大帝所建的宮闕，巍峨華麗，想彼得當年固一世之雄。

列寧格勒小住之後，遊興已闌。學校開學期近，而飛機訂位不易，便匆匆作歸計，又橫渡大西洋回來了。

我在俄國旅行，先後不過數日，斷然談不到什麼深刻的印象。更不敢效法許多著述家在某地住上三兩日便大做其遊記。我所說的只是我這幾天中親見親聞的小事。我當然不敢就根據這些小事而下武斷的結論來批評或歌頌蘇聯。不過「一葉知秋」，許多國家興亡大事，往往在小事上可以反映出來。在軍艦炮管子上曬一條褲子不算是大事，但是目光銳敏的日本軍事觀察家便可據此斷定甲午戰爭中國海軍不堪一擊，他的推斷竟不幸言中。

如果你要我也根據這些小事來下一點武斷的結論，我也未嘗不可說幾點：

第一，我覺得斯拉夫民族和她底文化迄今尚未成熟。她之有今日的煊赫，全係恐怖伊凡、彼得大帝、列寧和斯大林等硬性促成的，是急救章，與自然成熟的中國文化和西方文化都是不能比的，在今後文化賽跑上，斯拉夫尤其不能和盎格魯薩克遜以及我們中華民族相比。我們是成熟的民族、成熟的文化，斯拉夫民族有許多方面還很原始（primitive），我們讀西歐文化史和俄國史早有此感覺，親自和他們接觸後更堅定了我對這結論的信念。

第二，我覺得俄國人心理上並沒接受共產主義，甚至社會主義。他們一九一七年革命後，四十年的洗腦工作是白費了。俄國人今日追求個人生活享受的慾望比西方任何國家都濃厚，這可能也是物理上壓力與反抗力成正比的又一證明。斯大林把俄國人壓得太苦了，赫魯曉夫今日稍一放鬆，蘇聯的民性便恢復到資本主義前期的狀態了。

第三，俄國朝野皆恐懼戰爭。在朝的深知其國力無法與美國比。在火箭上稱片刻之雄終不足恃。蘇聯人民今日之大慾是資本主義社會的享受，和平繁榮為人生唯一目的，管它什麼世界革命。這樣自然和製造緊張、滿口大話的中共格格不入了，這一點恐怕是「北京—莫斯科軸心論」的專家們所不能承認的，也只有讓歷史來證明了。

【作者附記】

以上是老朋友何炳棣教授，於一九六〇年八月去莫斯科參加「國際東方學會」第二十五屆年會，歸來路過紐約，和筆者做竟夕之談的片段談話紀錄。那時紐約的《海外論壇》月刊正缺稿。經過何先生同意，我就把這片段寫下來交該刊發表了（見一九六〇年十月，該刊一卷十期）。後來香港《明報月刊》創刊時也曾加以轉載。二十年過去了，最近我在哥大中文圖書館裏，又把這篇小文找到了。燈下讀之，頗覺好笑。因而把篇前的記者導言刪掉，換一個題目，收集在這本小書的後面。可能今天的讀者們讀起來還會覺得好笑的。本文重印時，未經何教授過目，如有錯誤，筆者當負全責。

一九七九年十二月四日，作者補誌於紐約

昨天的足跡

劉紹唐先生來信，要我「再把『塵埃』打掃打掃。」在他底鼓勵之下，我又把我自己凌亂的小貨站裏的破書箱、舊日記翻了翻，果然又找出一些五十年代遺留下來的中文剪報。

在燈下我把這一葉葉、觸手便碎的小紙條集起來，一一重讀一遍，它們對我真是「似曾相識」。再多看一兩遍，這些「似曾相識」的小紙片，竟然也引導出一些「似曾相識」的故人，和「似曾有過」的往事。

這時窗外正呼呼地刮著風，冰粒兒打在玻璃窗上，發出簌簌沙沙的響聲。我扭滅了檯燈，頓見窗外一片潔白——雪已積得寸把深了。

索興開了門，走向街邊。風吹著頭髮亂飄，雪珠兒迎面撲來，臉上被打得疼兮兮的。馬路上的雪被風吹得直是打滾，銀白色的沙粒，向四處躲藏。我看著這些小東西忙碌的樣子，再摸摸頭髮上、面頰上粘著的一粒粒小砂仔，我想這分明是哪位仁兄仁姊，在天上「散鹽」！哪是什麼「柳絮因風起」呢？

想起了，不由得我對一千多年來，圍爐作賞雪詩的詩人們，抱怨一番。他們為鑄造一個善於「詠絮」的女詩人，便把我們那位「作詩如作文」、老老實實、寫「散鹽」詩的男詩人謝朗，蹧蹋了一千多年，不能平反。

這時又使我連帶想起了幼年時所讀的《千家詩》，什麼「有梅無雪不精神，有雪無詩俗了人」。「雪」和「詩」又導引我翻出了五十年代初期的一段日記：

那是個和今天一樣的夜晚。窗外的積雪在幾個小時之內，便堆得一呎多厚。這時收音機裏也發出了市長的緊急通告——「紐約市癱瘓了！」就在這個接近午夜的時分，我忽然接到一位青年美國同學的電話，他約我到赫貞江畔的河邊大道上去「走走」。

這原是一條車水馬龍、日夜不分的通衢大道——也是胡適之他們當年「匹克匿克」、「唱個蝴蝶兒上天」的地方。可是此時此刻，一部開行的汽車都沒有了。剩下的只是一片一望無邊、像棉絮一般底白雪。

偶爾我們也發現三兩位美國青年男女，手裏玩著雪，發出一陣陣青年人所特有的、無憂無慮的歡笑聲。其外便是一片的光明和沉寂。

電桿子上的街燈，這時特別明亮。它照得樹枝之下、白雪之上，疏影橫斜。兩頭不見邊的赫貞江，遠近一片迷濛。華盛頓大橋上的千盞明燈，在雪花的背後，時隱時現。

我們循著河邊大道緩緩地走著。雪不斷地落在頭上、肩上、圍巾上，洒至眉毛上和鼻子上。背後的雪被我們踩出一個個足印，但是很快的，它們就被新的雪填補了。

好一個雪夜！

「紐約市癱瘓了！」

就由她癱瘓去吧。

倚靠在一段被雪埋起了的石欄邊，同學回憶起，他幼小的時候——也是一個大雪的深夜——媽媽曾唸給他一首與雪有關的催眠曲，也可說是一首賞雪詩罷。

那首「詩」似乎是這樣的：

My dear little sweetheart:
Here lies in front of you
A field of untreaded snow;
Be careful of each step,
Because every step will show.

用粗淺的英語我也譯出我們中國的一首賞雪打油詩，我唸的是：

江山一籠統，
井上黑窟窿；
黃狗身上白，
白狗身上腫。

互相「打油」之後，我們不禁扶肩大笑。後來我們又做了些雪球，投向遠處的目標。我們也比賽，看誰拋得遠。拋贏了，拋輸了，都會引起一陣陣的歡笑。

在遠處的人們——那些高樓上的失眠客——聽起來，該也是一陣陣青年人歡樂的笑聲罷。

夜深歸來之後，我把同學媽媽那首催眠曲，也譯成漢文，寫在日記上：

我親愛底小心肝：
現在躺在你面前的，
是，一片
　人家沒有踐踏過底——
白雪。
你踩上去，
　要小心點呀！
因為你每踩一步，
　就要顯出一個——

印烙！

這些記在小紙條上、小紙本、人生旅程上的小事、往事，在那位林語堂先生筆下、充滿著「不可得已之情」的大詩人蘇東坡看來，便一條條都是什麼「雪泥鴻爪」了。

可是在我們這個工商業社會裏，謀生不暇、忙忙碌碌的俗人看來，這些小紙片，不過只是空山新雨後，天氣晚來秋，我們在公園裏偶爾發現的幾個昨天的足跡而已。我就從這堆小紙條中，選出了幾張比較有「五十年代氣息」的，拼在一起，就叫它們做「昨天的足跡」吧。

一九七九年歲暮於北美洲

海灘

是大地底邊緣；
也是，
　海底邊緣。
潮來了，
　就是海；
潮退了，
　就是陸地。
蚌殼、

海藻；
今年、
明年，
永遠相同！
在那，
蠕蠕爬行的，
小動物間，
永遠找不著——
昨天底足跡！

原載紐約《華美日報》「滄海副刊」，一九五七年

夢

編者（顧櫟）按：鹿橋兄講「傳統與創造」時說，「譬如寫一首詩說夢，卻不提個『夢』字。」蒂楷（TK）兄便當場寫了這首詩。

朋友，
　你錯了——
　　不該斷斷續續。
你替我帶來了，
萬里外底情人；
看著床頭的陽光，

我多麼失望！
你嫁與我，
　無窮災禍；
翻過身來，
　我又忘了乾淨！

昨夜、
　今夜、
　　明夜；
你為何，
　不連成一氣？
讓：
苦難底人們，
　都生存在，

兩個世界裏。
不知道：
哪個是真：
哪個是假。

原載《華美日報》「滄海副刊」，一九五七年

公園裏的雪萊石像

——寫給我們在一起「做詩的朋友」

它原來，
　是塊石頭。
生在，
　深山幽谷。
真得可愛；
笨得可笑。

無端，
　被搬到城市裏來，
　亂加雕鑿；

便被人們當成了詩人。
　作家們，
　　說他偉大；
　藝術家們，
　　說他美麗；
環繞他底少女們，
　羨慕他聰明；
有錢的人們，
　也買了些花圈兒，
　　套得他，
　　　滿頭滿身。

但是……
　他只是塊，

受了傷的石頭；
默默地站在路旁；
凝視著，
花花綠綠底，
過往行人。

原載香港《人生雜誌》第一九一期，一九五八年

街車

——寄周策縱

負載著，
　忙忙碌碌底群眾，
在人世間，
　兜著圈子。
沒有驕傲的份兒，
也從不暴戾。
在警察的棒子前，
　停下了，
嘆口氣．

再繼續前進罷；
繼續那，
　沒止境的奔馳。
走向崎嶇的路；
把平坦底大道，
　讓給那，
　　來勢洶洶的勇士；
　讓給那，
　　瀟灑風流底，
　伙伴們，
　　飛馳而去！
宇宙變黑了，

人也睡了；
在風雪泥濘底深夜——
那失去光彩的豪傑們，
都僵臥在，
路旁水泊裏。

你，獨自
發出吼聲，
冒著熱氣；
讓眸子裏，
發出的光芒，
照耀著大地！

原載紐約《海外論壇》月刊第二卷第一期，一九六一年一月

鯨魚

——寫給一條有「煩惱」的小金魚

聽說它，
　前生是個少女。
有著：
　明亮底眼睛；
　柔弱底身腰；
　美麗底靈魂；
　和善底心。
離開了，
　家和母親；

在人海裏，
　漂來漂去。
那兒，
　有魔鬼，
　也有情人。
愛底煩惱；
被愛底痛苦——
　酸、
　　甜、
　　　苦、
　　　　辣……
　永遠分不清！
今生，

她發奮了，
　變成一條大魚。
把海水，
　吸進來，
　再吐出去。
沒有愛，
也沒有恨。
憑著個，
　碩大的軀體；
游泳在，
　藍天和白雲之下；
　冰山和海的邊緣——
忘他、

忘我，
隨意浮沉。

原載紐約《生活半月刊》一二三期，一九五六年

夜歸微雨

——眼兒媚

繾綣初離，
　油碧車；
人懶不勝扶。
輕言，
　「箇那」；
將行且止，
份外踟躕。
新愁——
　渾似春宵雨，

密密潤如酥；
沾衣欲濕，
揮之不去，
欲就還無。

【註】「箇那」者 Goodnight 也。

原載紐約《天風月刊》，一九五二年

金陵懷古

心笛戲書：

綠水因風皺面，

青山為雪白頭。

乃折其聯，即席補成〈西江月〉兩闋。

「綠水因風皺面」，
紅綃凝淚微霜。
孤篷絕域憶清涼，
心事從頭一樣。

芳草曾沾粉漬，
衣襟每帶唇香；
金陵應已菜花黃，
夢繞莫愁湖上。

孺子沿街赤足，
「青山為雪白頭」。
金風如剪月如鈎，
記取秦淮別後。

臨去且行且止；
回頭難拾難收。
錯從苦海覓溫柔，
曾把鮫綃濕透。

原載紐約《華美日報》「華美吟壇」，一九五六年

無題

豈向窗前，
　　效謫仙？
每依沙發，
　　挾書眠。
傷心，
　　家國權拋卻；
一任桐陰，
　　上鬢邊。
也好沉吟，

作短箋；
忍循舊譜，
撥新絃。
月明，
懶向橋頭立；
怕惹閒愁，
學戒煙。

原載紐約《天風月刊》，一九五二年

國家圖書館出版品預行編目資料

五十年代底塵埃／唐德剛作 . -- 初版 . -- 臺北市；遠流，2003〔民92〕
面； 公分 . -- （唐德剛作品集）

ISBN 957-32-4958-8（平裝）

855 92009350